Scottish Coffee
Sweet Coffee 2

SCOTTISH Coffee

SERIE SWEET COFFEE 2

Sarah Valentine

A Dorcas Montañes,
porque esta novela es tan tuya como mía.

Índice

Capítulo 1

El cielo estaba cubierto de nubes grises que amenazaban lluvia de un momento a otro. Por suerte, el turno de Joel y Willy estaba a punto de terminar, y eso permitiría que quizá se pudiesen librar del chaparrón. Habían tenido una noche tranquila, por lo que suponían que lo que les quedaba de servicio continuaría igual.

Caminaban a un par de calles de Nou de la Rambla, donde estaba ubicada la comisaría de *Mossos d'esquadra* en la que trabajaban. Era una zona muy activa a nivel de delincuencia, en especial en los últimos años, por lo que solían tener servicios bastante movidos. El turismo de la ciudad atraía mucho a los carteristas y al final les tocaba intervenir cuando pillaban con las manos en la masa a los ladrones.

Joel llevaba tres años destinado a la comisaría del Raval y su compañero alguno más, a pesar de que ninguno de los dos había cumplido los treinta. Ambos se conocieron en la academia de policía, donde conectaron desde el primer día en que compartieron pupitre poco menos de una década atrás.

Así que cuando Willy supo que Joel estaba destinado a la misma comisaría en la que él trabajaba, cruzó los dedos para que coincidieran en los turnos en la Unidad de Seguridad Ciudadana a la que ambos estaban también destinados. Tenía claro que con Joel la diversión estaba asegurada, lo que haría que las horas de servicio pasaran de forma mucho más rápida y amena, pese a todos los follones en los que tuvieran que intervenir.

—Estoy sin tabaco, ¿te parece que demos algo más de vuelta antes de llegar a comisaría y paso por el estanco? —preguntó Willy a su compañero.

—No sé cuándo vas a dejar de fumar, tío —respondió Joel levantando una ceja y negando con la cabeza.

—Algún vicio puedo tener, ¿no?

—No entiendo de qué te sirve salir cada día a correr.

—Pues para estar en forma —resopló Willy.

—Ya te vale —rio Joel justo al llegar a la esquina de la calle Sant Pau.

—Tío, mira aquel par que vienen por allí —susurró Willy para que su compañero mirase a unos chicos con aspecto algo extraño y que parecían nerviosos.

—Vamos a pararlos —contestó Joel asintiendo con la cabeza.

Los agentes caminaron con paso decidido hacia la pareja de aspecto singular.

—Disculpen, ¿podrían mostrarnos su documentación? —se dirigió Joel de forma directa a los jóvenes.

En ese momento los chicos de aspecto raro echaron a correr.

—Ya decía yo que estábamos teniendo un turno demasiado tranquilo —gritó Willy al ver que huían.

—Vamos, tío —le respondió Joel echando a correr tras los jóvenes.

A pesar de que era una hora temprana de la mañana, había varios peatones por la zona, por lo que los policías tenían que esquivar a los viandantes en su persecución. Willy logró alcanzar a uno de ellos y en un intento de inmovilizarlo, mientras Joel se acercaba hasta donde estaban, resonó un estallido y Joel se desplomó sobre el asfalto. Una mancha de sangre empezó a teñir de forma cada vez más veloz el cuello de su camisa.

Pese a que llevaba el chaleco antibalas reglamentario, el proyectil había acertado a la altura del cuello y un chorro de sangre, cada vez más potente, brotaba del lateral de la garganta de Joel.

Willy impactado se arrodilló a su lado pidiendo a gritos una ambulancia. El delincuente aprovechó para salir corriendo calle arriba sin que nadie se molestase en atraparlo. Los viandantes de la calle Sant Pau empezaron a rodear en círculo a los dos policías. Varios de ellos se afanaban en llamar al servicio de emergencias, mientras veían cómo ante sus ojos la vida se escapaba a borbotones del cuerpo del joven policía.

Dos ambulancias llegaron minutos después. Joel, entre los brazos de Willy, balbuceaba algo que el joven policía, invadido por las lágrimas y el miedo que le atenazaba de saber que quizá aquellos fueran los últimos instantes de vida de su compañero, no era demasiado capaz de entender. Willy solo acertaba a descifrar que Joel susurraba el nombre de Nessa, su esposa, la mujer de la que estaba tremendamente enamorado desde que eran adolescentes y con la que se había casado hacía apenas ocho meses.

Empezó a llover cuando la sirena de la ambulancia sonaba de manera atronadora entre las estrechas calles de aquella zona del Raval.

Capítulo 2

—A mí estas guardias eternas me matan —dijo Nessa mientras se ponía ambas manos sobre las cervicales y echaba la cabeza hacia atrás. Un bostezo, que le anegó los ojos, se apoderó de ella, mientras esperaba a que la cafetera automática acabase de llenar el vaso de cartón con el café. Acostumbraba a tomarse uno solo y sin azúcar un par de horas antes de que acabase su turno para aguantar el último tramo de la jornada con algo más de energía. Nessa era una adicta total al café y necesitaba su dosis de cafeína diaria para resistir la jornada.

—Ni que lo digas, estoy que me caigo de sueño —le respondió María, una compañera de guardia que llevaba menos de un mes trabajando en el hospital.

Nessa era enfermera del servicio de urgencias y trabajaba en el Hospital Mediterráneo, uno de los centros hospitalarios públicos más grandes de

Barcelona. Llevaba varios años en aquel puesto, porque siempre le habían gustado la acción y la adrenalina que suponía trabajar atendiendo las ambulancias que llegaban constantemente con pacientes malheridos, enfermos o con cualquier patología que requiriese de atención eficaz e inmediata. Después de tantos años trabajando de enfermera en aquel lugar estaba acostumbrada y había visto de todo, aunque cada vez se le hacían más interminables y duros los turnos de doce horas.

Lo único bueno de tener esos horarios era que después disponía de varios días libres de descanso. Además, a menudo, acababan coincidiendo con los que libraba Joel, por lo que les daba la sensación de que podían disfrutar de unos días de vacaciones cuando el resto del mundo trabajaba.

Mientras acababa el par de sorbos del café que le quedaba al fondo del vaso, Nessa no podía evitar planear lo que haría durante los cuatro días libres que tendría justo al acabar las dos horas de trabajo que tenía por delante. Además, coincidía con Joel, por lo que tenían pensado hacer una escapada a Andorra. Habían caído las primeras nieves y podrían disfrutar de las pistas de esquí para ellos solos. No podía evitar sonreír al pensar en Joel. Era su mejor amigo, su confidente, su amante, su alma gemela, esa persona con la que sabía que podía contar siempre y a la que amaba por encima de todo.

—Código 1 —le dijo María asomando la cabeza en la zona de la sala de descanso en la que Nessa apuraba su café. La joven resopló y tiró el último sorbo de líquido negro y aún humeante, que le quedaba en el vaso a la papelera.

Cuando recibían un Código 1 significaba que estaba a punto de llegar al servicio de urgencias del hospital un caso de extrema gravedad y que el personal que estuviese disponible debía acudir a recibir la ambulancia para atender con la máxima rapidez del paciente. Normalmente, cuando se activaba un Código 1 era en los accidentes de tráfico o en otras situaciones en los que la vida del paciente estuviese en riesgo real de muerte. Así que, mientras Nessa caminaba tan rápido como podía hacia la zona de recepción, se ponía unos guantes de látex para estar preparada cuanto antes, para lo que le esperaba.

Al instante la ambulancia llegó y los técnicos procedieron a bajar al paciente que traían. Desde lejos pudo comprobar que había bastante sangre tiñendo la parte superior de la sábana que tapaba el cuerpo del herido. Nessa arrugó el entrecejo. Estaba convencida de que el par de horas que le quedaban para acabar el turno no serían nada fáciles ni apacibles.

—Herido de bala con constantes muy débiles durante el trayecto —informó uno de los técnicos de ambulancia, mientras le pasaba el registro del paciente, que Nessa tomó entre las manos y se centró en el registro de las constantes del hombre.

La enfermera aún no había visto al paciente en cuestión. El par de médicos que habían llegado hasta él le tapaban la visión, por lo que prefirió concentrarse en el informe que tenía delante. Nessa avanzó hasta la camilla a la espera de que alguno de los doctores que atendían al paciente le dijera lo que debía hacer. El herido era un hombre moreno, del que solo alcanzaba a ver buena parte del pecho cubierto de sangre. Nessa entrecerró los ojos al ver un tatuaje sobre los pectorales descubiertos del chico. Pestañeó. Arrugó el entrecejo e intentó acercarse al paciente abriéndose paso entre los dos doctores, los técnicos de ambulancia y el par de enfermeras que se arremolinaban alrededor de la camilla. Volvió a mirar la parte del pecho que alcanzaba a ver. Sí, eran las carpas japonesas que ella misma había elegido, no tenía duda. No, no podía ser. Intentaba respirar, pero cada vez tenía más dificultad para coger aire.

—Lo perdemos, joder, lo perdemos —gritaba uno de los doctores que atendían al paciente.

Nessa apartó de un manotazo a uno de los técnicos de ambulancia que aún seguía junto a la camilla. Entonces, fue en aquel preciso momento cuando lo vio. Joel, el hombre al que amaba, estaba postrado sobre aquella camilla con el pecho descubierto y medio cuerpo cubierto de sangre.

Instantes después, la poca vida que había logrado retener el cuerpo de Joel para llegar al hospital se escapó entre los borbotones de sangre que salían disparados por el orificio de bala a la altura de su yugular.

El pitido del monitor que marcaba el ritmo cardiaco del marido de Nessa dejó de ser intermitente para mantener un sonido constante, que confirmaba que había muerto. En ese instante, ella cayó de rodillas al suelo. Sin fuerzas para nada más que intentar respirar a pesar de la gran presión que le oprimía el pecho.

Capítulo 3

Todos los días le parecían iguales desde entonces. La noche y el día pasaban sin que fuese capaz de moverse del sofá. Le daba igual, nada le importaba ya. Todo había dejado de ser relevante en su vida. No le importaban las horas que marcase el reloj. No recordaba la última vez que se había duchado, ni la que se había preparado algo de comer. Pero no le importaba, nada le importaba ya. Se miró al espejo y no se veía, no se reconocía, pero qué más daba. Él ya no estaba para mirarla, el resto daba igual.

No había vuelto al hospital. No había sido capaz. Su jefe le recomendó que pidiera una excedencia en lugar de renunciar a su plaza de enfermera. Nessa había aceptado, aunque no tenía ninguna intención de regresar a aquel lugar. ¿Cómo iba a volver al mismo sitio donde se había apagado la vida de Joel? ¿Cómo iba a regresar al lugar en el que había ayudado a salvar la vida a otras personas si no había sido capaz de salvar la de su marido? Prefería mantenerse alejada de ese sitio y de todo lo que tuviese que ver con él. Lo mejor que se le había ocurrido que podía hacer era estar en casa, sin pisar la calle.

¿Cómo iba a seguir con su vida como si nada hubiese sucedido?

Joel no estaba y sabía que no regresaría. Por mucho que lo esperase no volvería para contarle cómo le había ido en el turno, ni las aventuras que le habían tocado vivir al lado de Willy en las últimas horas. Ay, Willy, pobre Willy, también seguía en casa, incapaz de empuñar un arma ni de hacer nada que no le recordase a aquel fatídico final de turno.

El único contacto con el mundo y la realidad de Nessa era a través de Alex, su hermano, su mellizo, con quien desde siempre había mantenido una relación muy especial. De hecho, Alex también lo había pasado fatal por la muerte de Joel, no solo por ser su cuñado. Joel era su mejor amigo, aquel con el que se crio, con el que dio incontables patadas al balón y con quien compartió buena parte de las experiencias de su vida. Sin embargo, Alex sabía que, por desgracia, ya no podía hacer nada por su amigo, pero tenía que conseguir sacar a su hermana del pozo de tristeza en la que se hundió desde el instante en el que él murió.

Alex trabajaba en un bar de copas, no quiso ir a la universidad porque prefirió dedicarse a lo que realmente amaba, que era la música: tocar la guitarra y cantar, aunque siempre tuvo muy claro que sería francamente difícil poder vivir de eso. Pero, no le importó. Prefirió trabajar de camarero y poder tocar en distintos locales delante de un público no demasiado grande y ser feliz. Aunque desde que murió Joel no le había apetecido demasiado rasgar las cuerdas de sus guitarras, ni mucho menos cantar, pero sabía que no puede continuar así, que tenía que levantar cabeza por él y por Nessa. Sin su ayuda, su hermana acabaría totalmente hundida e incapaz de salir a flote de esa negrura de tristeza y soledad en la que estaba sumergida desde que Joel se había ido.

La misma mañana en que su hermana lo llamó y le dijo que Joel había muerto, Alex cogió sus cosas y se instaló en la pequeña habitación que Nessa tenía libre en su casa. Debía vigilarla de cerca. Sabía que Joel era su vida y que sin él su realidad cambiaría tanto que le daba miedo que se sintiera sin rumbo ni destino.

—Pero bueno, ¿aún sigues aquí? —preguntó Alex al llegar de madrugada del bar de copas donde trabaja y acercarse hasta su hermana para darle un beso en la frente.

—No tenía ningún plan mejor… —susurró Nessa.

—Hermanita, no podemos seguir así —le dijo pasándole la mano por la cabeza.

—No soy capaz de hacer nada más…

—Hace más de un año que murió Joel y sigues en el mismo lugar donde te sentaste el primer día.

—No tengo nada mejor que hacer, ya te lo he dicho… —resopló.

—Tienes que vivir, Nessa, has de vivir por ti. Joel no va a volver…

—Cállate, no digas eso —gimoteó la joven.

—Sé que es muy duro. Yo también le echo mucho de menos, pero no podemos hacer nada para que vuelva. No podemos esperar que suceda lo imposible —susurró abrazándose a su hermana —. Tenemos que seguir adelante.

—No sé cómo…

—Pues hagamos algo diferente a lo que hemos hecho hasta ahora.

—¿Diferente? —preguntó Nessa limpiándose las lágrimas con el dorso de la mano derecha.

—Claro, algo que no hayas hecho durante todo este tiempo…

—No se me ocurre nada…

—A mí sí —afirmó Alex con una media sonrisa sacando el teléfono del bolsillo trasero de su vaquero.

—¿El qué?

—Es una sorpresa…

—Ya no me gustan las sorpresas —refunfuñó Nessa.

—Pues entonces no es una sorpresa, es una orden —rio Alex sin levantar la vista de la pantalla de su móvil.

—Siempre has sido un mandón —bufó la joven.

—Ya sabes que sí, así que ahora mismo te levantas, te das una ducha y luego nos vamos a dormir.

—¿Alguna orden más?

—Sí, ¡ahora! —dijo Alex levantando el dedo índice de su mano derecha.

—Vale, vale —respondió Nessa con desgana mientras se ponía en pie y avanzaba hasta el baño.

Mientras oía el agua de la ducha caer, Alex abrió el navegador en su teléfono y entró en una web de viajes. Sin entretenerse en mirar demasiado, eligió dos vuelos al lugar al que siempre había querido viajar su hermana para dos días después. Los compró y los pagó. Aquella situación por la que estaba atravesando su hermana debía acabar y tenía que ser cuanto antes.

Capítulo 4

El despertador sonó de manera atronadora a las cuatro y media de la madrugada. A Alex nunca le había gustado madrugar, pero hacerlo por el motivo que lo hacía ese día, quitaba la parte negativa a las horas tan tempranas de levantarse.

A las siete salía el vuelo que los llevaría hasta Edimburgo. Su hermana siempre había querido viajar a Escocia y nunca había podido hacerlo por un motivo u otro. Así que justo en ese momento, en el que Nessa estaba tan mal, sabía que visitar el país del que se había quedado enamorada desde que había visto la primera temporada de *Outlander*, sería el destino ideal para sacarla del pozo en el que andaba metida.

—Arriba, dormilona —dijo Alex sentándose sobre el colchón de la cama de matrimonio, donde había conseguido que Nessa volviese a dormir desde hacía dos días.

—Mmmmmmm.

—Va, que se nos va a hacer tarde…

—Pero ¿qué hora es? —preguntó Nessa abriendo un ojo para volverlo a cerrar inmediatamente al comprobar que la luz de la habitación estaba encendida.

—Las cinco menos veinte de la mañana, ¡venga!

—¿En serio?

—Va, que salimos en un cuarto de hora y te tienes de duchar. Yo ya estoy listo. Mientras estás en el agua preparo los cafés —dijo Alex tirando del nórdico para destapar a su hermana.

—Voy, voy, eres lo peor… —rebufó la joven.

—Gracias, hermanita —respondió al salir de la estancia en dirección a la cocina.

Poco antes de las diez de la mañana, el vuelo Barcelona - Edimburgo de Nessa y Alex tomaba tierra en el aeropuerto de la ciudad escocesa. Desde que la joven se había enterado del destino del vuelo que tomarían una sonrisa se había dibujado en su cara. Alex estaba feliz por contemplar a su hermana de aquella manera después de tanto tiempo de verla deprimida y llorosa.

—Ay, Alex, te agradezco tanto que estemos aquí —afirmó ella al bajar del avión mientras rodeaba a su hermano con los brazos y le daba un beso en la mejilla.

—Solo con verte sonreír ya me doy por satisfecho, así que, por favor, no dejes de hacerlo —le respondió Alex alzándola en peso con los brazos alrededor de su cintura.

Cuando recogieron las dos maletas tomaron el coche que Alex había alquilado. Como aquel viaje tenía el objetivo de hacer realidad las ilusiones de su hermana en aquel país, Alex alquiló un mini de color rojo. Él siempre había sido más de ir en moto, pero tenía claro que las inclemencias del tiempo de Escocia no le harían demasiado agradable el trayecto sobre dos ruedas. Así que tuvo claro que un mini y de color rojo sería el automóvil ideal para hacer la larga ruta que tenían por delante por aquel país que tenía el corazón robado a su hermana.

Capítulo 5

—Estoy alucinada de estar aquí, Alex —afirmó Nessa mirando por la ventana a un lado y a otro de la carretera.

—Pues disfruta del alucine porque tenemos unos días por delante que creo yo que te van a gustar… —añadió el joven sonriente, aunque atento a la carretera, porque se le hacía muy raro eso de conducir por la izquierda.

—Y encima se pone a llover. Es que no puede ser más ideaaaaaal —dijo Nessa con sus manos a los lados de la cara y sin dejar de sonreír.

—Pues, por lo que parece, eso de llover es algo normal en este país…

—Ni que lo digas… Bueno, por lo visto, es típico que aquí llueva, haga viento, sol, se nuble, haga calor, frío… y todo en un mismo día. El tiempo en Escocia es así o al menos eso dicen en todas las novelas que he leído.

—Ahora que lo dices… Sobre las novelas que has leído quería yo hablar —añadió Alex con gesto cómico.

—¿Sobre lo que leo? ¿No me digas que ahora te vas a aficionar a la lectura?

—No, no —rió Alex —. Te iba a hablar de tu novela favorita.

—¿*Outlander*?

—La misma.

—¿Qué pasa? Por cierto, transcurre en Escocia.

—Lo sé, y por eso mismo estamos aquí…

—¿En serio?

—Claro, ¿o acaso creías que habíamos venido hasta aquí de pura casualidad?

—¿No me digas que hemos venido para que me presentes a Sam Heughan?

—¿Ese quién es?

—¿Bromeas? El actor de la serie, ¡Jamie Fraser!

—¿El pelirrojo?

—¡El mismo!

—No, no te lo voy a presentar a no ser que nos lo crucemos…

—Mecachis —rebufó con tono jocoso Nessa.

—Pero si nos lo encontramos, ten por seguro que lo pararé para que, al menos, puedas hacerte una foto con él.

—Ay, sí, es tan guapo el pelirrojo.

—No sé cómo pueden gustarte los pelirrojos.

—Ya sabes que siempre han sido mi debilidad…

—Lo sé, lo sé, suerte que a Joel nunca le hiciste teñirse —rió Alex.

—Pobre, Joel, aunque si hubiera insistido algo más, ¡seguro que habría aceptado!

—Seguro que sí, hacía todo lo que estaba en sus manos por hacerte feliz.

—Sí, siempre lo hizo.

—Bueno, va, no nos pongamos tristes, que seguro que a Joel le haría muy feliz saber que al final estás en Escocia.

—Sí, le encantaría.

—Pues ¿sabes por qué hemos venido hasta aquí?

—Para que me presentes a Sam Heughan no, ya lo sé.

—Ya te he dicho que no… —rió de nuevo Alex—. Hemos venido para hacer la ruta *Outlander*, visitaremos algunos de los escenarios en los que han rodado la serie —le contó con una sonrisa de oreja a oreja mientras la miraba de reojo pero sin restar atención a la carretera.

—¿En serio?

—¡Y tan en serio!

—Ay, chiquitín, cómo te quiero —dijo Nessa alzando la voz y abrazando desde su asiento a Alex que no podía dejar de reír mientras veía a su hermana tan emocionada.

Eran sobre las once de la mañana cuando dejaron el mini rojo en uno de los parkings cercanos a la Royal Mile, la calle más importante de Edimburgo. Preferían dejar el coche y poder caminar por el centro histórico de la ciudad.

—La Royal Mile es una calle que mide 1,8 kilómetros, que es una milla escocesa y por eso se llama así esta calle —contó Nessa.

—Vaya, veo que me vas a hacer de guía turística, ¿no?

—He leído tanto sobre Escocia que podría hacerte un recorrido por el país con los ojos cerrados, aunque no haya estado nunca aquí hasta ahora —sonrió Nessa.

—¡Pues qué lujo! —feliz de ver a su hermana contenta después de tanto tiempo.

—Por lo visto, en esta calle está el The World's End, uno de los pubs más legendarios de la ciudad y no pienso perderme el *haggis* y una pinta de cerveza.

—No sé lo qué es un *haggis*, pero seguro que debe de estar muy rico, y a estas horas que tengo el estómago vacío aún mejor —dijo Alex llevándose la mano a la altura de la barriga.

—Ya te digo y con lo pronto que comen por aquí…

Después de comer, aprovecharon las horas de luz que quedaban y que parecía que la lluvia les daba unas horas de tregua, para pasear por el centro histórico y visitar el Castillo de Edimburgo y la Gile's Cathedral.

—Lo único que me falta es ir a la colina de Calton Hill para ver la ciudad de forma panorámica y el mar de fondo.

—Solo por continuar viendo esa cara de felicidad que tienes, merece la pena subir hasta allí a pesar de que me muero por pillar la cama después del madrugón de esta mañana… —resopló Alex.

—Ya tendremos tiempo de dormir y descansar cuando regresemos a Barcelona —afirmó Nessa echando a correr delante de su hermano para que este la siguiera.

Capítulo 6

Dicen que el tiempo lo cura todo y parecía que ese año que había pasado desde la muerte de Joel empezaba a notarse en el ánimo de Nessa. Estar de viaje en Escocia, con la persona a la que más quería en el mundo, su hermano Alex, empezaba a poner algo de luz a la oscuridad que se había apoderado de la vida de la joven en los últimos doce meses.

Muy temprano por la mañana del tercer día de su estancia en Escocia, el mini de color rojo se adentraba en las Highlands, esas que tan bien conocía Nessa por la infinita lista de novelas de *highlanders* que había devorado a lo largo de su vida.

Antes de las diez de la mañana, Alex aparcaba en una de las calles de Falkland. Bajaron del coche y empezaron a pasear por el pueblo. Según había leído en una conocida página de viajes por Escocia, recomendaban visitar Falkland a todo aquel amante de

Outlander, puesto que la Bruce Fountain, la plaza mayor o The Covenanter Hotel, eran los escenarios reales donde se había grabado parte de la serie.

—Me resulta increíble estar aquí... —afirmó Nessa mirando a su alrededor y girando sobre sus pies.

—Sí, es realmente bonito, es como un pueblo de cuento.

—Bueno, más que de cuento, aquí es donde se grabó parte de la serie, concretamente tiene mucho que ver con Claire y Frank, aunque no te lo cuento porque sería un *spoiler*.

—¿Quiénes son esos?

—Me parece increíble que no hayas visto la serie... —resopló Nessa.

—Bueno, ya la has visto tú por mí.

—Ni que la hubiera visto tantas veces, exagerado...

—Creo que la has visto tres veces entera, ¿no?

—No, realmente la he visto cinco, pero no importa.

—Un par más o menos... —rio Alex.

—¿Sabes lo que me encantaría?

—Dime.

—Entrar en ese hotel —dijo Nessa señalando con su mano derecha la puerta de The Covenanter Hotel.

—Es muy bonito, pero ¿qué tiene de especial?

—Pues porque ahí grabaron unas escenas muy importantes en la serie, ya te lo he dicho…—resopló y alzó las cejas.

—Ah…

—Oye, ¿y si nos alojamos ahí?

—Pero tenemos la reserva hecha en Aviemore.

—Bueno, dudo que tengan habitaciones libres, pero si tuvieran una…

—Debe de costar una pasta…

—No te preocupes, corre de mi cuenta —guiñó un ojo a su hermano.

—Pues encantado entonces —respondió Alex levantando una ceja.

Cuando Nessa escuchó de boca de la recepcionista del Covenanter Hotel que tenían una habitación doble libre por una anulación de última hora, no pudo dejar de sonreír mientras le respondía al instante que la reservaba para esa misma noche.

—Alucino, Alex, alucino. Si me lo dicen no me lo creo.

—No será para tanto…

—¿Qué no es para tanto? ¿Tú sabes lo difícil que es conseguir una habitación en este hotel?

—Pues no tengo ni idea, pero por tu reacción, puedo adivinar que debe de ser más fácil que te toque la lotería—afirmó Alex alzando las cejas mientras hablaba y no dejaba de sonreír contemplando la alegría de su hermana.

Pasaron el día por las calles de Fakland y después de comer visitaron el palacio, donde gracias a la visita guiada que hicieron, pudieron conocer cómo vivían la reina y su corte.

—Estar en este pueblecito hace que no pueda evitar acordarme de mi boda con Joel, después de las veces que he visto a Claire y a Frank tan felices disfrutando de su amor —contó la joven con los ojos anegados.

—Va, Nessa, no quiero que te pongas triste —dijo Alex pasando un brazo por encima de los hombros de su hermana, mientras salían del palacio.

—Bueno, a pesar de que estos días me están ayudando, me acuerdo mucho de Joel.

—Lo sé, recuerda que soy tu mellizo y que te conozco perfectamente.

—Lo echo tanto de menos —le dijo Nessa volviéndose hacia él para abrazarlo.

—Y yo...

—Este año ha sido muy duro —dijo la joven con los ojos anegados de lágrimas.

—Sin duda, el peor de mi vida…

—Para mí también.

—Pero sabes tan bien como yo que Joel querría que dejaras la pena atrás.

—Sí, no le gustaba nada verme triste y mucho menos llorando.

—Pues ya sabes…

—Sí, poco a poco me voy sintiendo más fuerte y sé que este viaje me va a ayudar mucho a que lo consiga, porque me ha hecho salir de la cueva donde llevaba escondida el último año.

—Has estado hibernando durante doce meses seguidos.

—Casi me convierto en oso.

—Ni que lo digas… Ya te he visto los pelos de las piernas…

—Será posible —rio Nessa intentando dar una colleja a su hermano —. No sé cómo lo haces, pero últimamente siempre consigues hacerme reír.

—Bueno, creo que eso no depende solo de mí, creo que tu actitud es diferente…

—Sí, tienes razón, me siento más fuerte y con ganas de volver a ser yo.

—Vaya, ¿eres Nessa?

—Te estás ganando otra colleja, ¿eh? —rio Nessa.

—No te reconozco, aunque déjame que te diga que me encanta verte así —afirmó Alex abrazando de nuevo a su hermana para inmovilizarla y no le diese el coscorrón con el que lo había amenazado.

—Pensé que después de estar en el Craigh na Dun nada me iba a impresionar más…

—Hombre, el círculo de piedras mágicas donde empieza toda la historia de Claire es impresionante, pero estar aquí —resopló Nessa mirando hacia las aguas del Lago Ness.

—Ten cuidado no te acerques demasiado al agua a ver si va a salir el monstruo de repente y te va a morder un dedo del pie —rio Alex.

—Qué tontorrón —rio Nessa ante la ocurrencia de su hermano.

—Sí, sí, muy tontorrón, pero mira cómo te quedas a mi lado por si de repente aparece Nessy.

—Eres único para hacerme reír…

—Ya sabes que me encanta verte de nuevo con una sonrisa en los labios —afirmó Alex mientras la rodeaba con los brazos.

—Te agradezco tanto que hayamos hecho este viaje —añadió estrechando con fuerza a su hermano.

—Nada que agradecer, es un placer volver a verte contenta —dijo Alex besando a Nessa en la cabeza. Ha llegado el momento de dejar tanta tristeza atrás.

—Joel siempre estará presente en mi vida.

—Claro, no lo olvidaremos ninguno de los dos.

—Eso nunca…

—Pero tenemos que seguir adelante y, en especial, tú.

—Sí, estoy convencida de eso.

—Pues ya sabes, a mirar hacia delante y con una sonrisa. Y, por cierto, vamos a dejar de hablar que me rugen las tripas… Hoy invitas tú a comer, ¿eh?

—Será posible —rio Nessa ante la salida de Alex.

—Y tan posible y si puede ser en un restaurante desde el que se vea el castillo de Urquhart.

—Pero qué romántico que eres, pequeñín…

Capítulo 7

—Con lo urbanita que soy yo y lo que me está gustando este viaje —dijo Alex al bajar del mini.

—Ni que lo digas. Nunca habría imaginado verte disfrutar así rodeado de tanta naturaleza —rio Nessa.

—Pero es que estos paisajes son espectaculares… ¿Cómo se llama este lago? —preguntó Alex interesándose por lo que su hermana miraba en la pantalla de su teléfono.

—Este es el Loch Linnhe, que según dice aquí *cuenta con uno de los paisajes más idílicos de la región* y, por lo visto, no es un lago.

—¿No?

—Que va es un fiordo según esto —afirmó Nessa volviendo a leer el texto que aparecía en su teléfono.

—Guau.

—Y aquello es Fort William —añadió la joven señalando con la mano 'el pueblo que se veía casi rozando las orillas del fiordo.

—Espectacular.

—Es precioso…

—Pues tenemos una habitación reservada aquí…

—¿Sí?

—Así que podremos disfrutar de este paisaje, al menos, hasta mañana —añadió Alex con los brazos en jarras y las manos a la altura de su cintura.

Alex había reservado una habitación en una preciosa casa de Bed & Breakfast junto al lago. Era una edificación de dos plantas y varias habitaciones para huéspedes. El lugar, que estaba todo rodeado de vegetación de un verde intenso, era idílico. La casa lucía las paredes blancas y una cubierta a dos aguas de tejas de color gris. Tenía buena parte de la fachada oculta por vegetación, lo que la dotaba de un aspecto mágico. Además, desde allí se podía ver parte de las orillas de Loch Linnhe.

—Esto parece un lugar de cuento —afirmó Nessa al bajarse del mini frente a la MacNeil Guest House, donde pasarían la noche.

—Pues, venga, princesa de cuento, vamos para dentro no vaya a ser que crean que no queremos la habitación y se la den a unos turistas despistados que pasen por aquí —bromeó Alex sacando las dos maletas del maletero.

—Uy, no, no, corre, pequeñín, corre…

—Podrías ayudar con las maletas, princesita —bromeó Alex, mientras veía cómo su hermana entraba con prisas dentro de la casa de huéspedes y lo dejaba a él con el equipaje.

El *hall* de recepción de la MacNeil Guest House estaba decorado de manera muy acogedora. Gruesas alfombras cubrían los suelos de madera natural de tono tostado y varios sofás de colores suaves rodeaban una mesa de centro de gran tamaño con varias torres de libros encima. Una enorme chimenea con el fuego encendido presidía el fondo del gran salón, donde había un par de huéspedes sentados en uno de los sofás.

—Bienvenidos a MacNeil Guest House —les dijo el joven pelirrojo de gran altura y de ancha espalda, que les recibió desde el otro lado del mostrador de recepción.

—Tenemos una habitación doble reservada —dijo Alex mostrando el código de reserva que aparecía en la pantalla de su teléfono.

—Perfecto. Soy Jamie MacNeil y tanto yo como el resto del equipo estaremos encantados de atenderles y ayudarles en todo lo que precisen —afirmó el joven con una gran sonrisa.

—Madre mía, ¿te has fijado? —susurró Nessa a su hermano mientras el chico pelirrojo introducía sus datos en el ordenador.

—¿Qué si me he fijado en qué?

—¡En ese pedazo de *highlander* pelirrojo que nos acaba de atender! —continuó Nessa intentando mantener la voz lo más baja posible para que el chico de recepción no se diera cuenta de lo que decían.

—¿El recepcionista? —dijo Alex levantando una ceja.

—Síííí…

—No es para tanto —bufó el joven.

—¿Ha dicho que se llama Jamie?

—Sí, creo que sí, aunque con el acento tan rarito que tiene no sé si lo he entendido demasiado bien.

—Acento rarito, no, es escocés… —bufó Nessa alzando las cejas.

—Pues eso —rio Alex.

—Y además se llama Jamie, como el protagonista de *Outlander*… ¡Increíble! —afirmó Nessa mirando a su hermano.

—Esta es la llave de su habitación. En una media hora serviremos la cena, ¿cenarán en la casa? —dijo el pelirrojo al darle la llave, que tenía el número 11 colgando de un llavero metálico alargado.

—Sí, cenaremos aquí —se apresuró a contestar Nessa con una sonrisa radiante, a pesar de que no lo había hablado con su hermano.

—Genial, pues sean bienvenidos y que tengan una feliz estancia.

—Gracias —respondió con gesto de boba, a lo que el amable recepcionista respondió con una gran sonrisa, una igual a la que aún mantenía ella.

—*Madremíademivida*, Alex —susurró Nessa mientras avanzaban hasta las escaleras que los llevarían hasta la planta superior donde estaban las habitaciones.

—¿Qué pasa?

—Joder, tío, no te enteras de nada ¿Tú te has fijado en cómo me ha sonreído el pelirrojo? —dijo Nessa mientras cargaba con su maleta y subía lentamente los escalones de madera.

—Normal, somos sus huéspedes, ¿no?

—Qué forma de romper la magia del momento —resopló Nessa y su hermano no pudo reprimir una sonora carcajada. Ante la reacción de Alex, Nessa frunció el ceño y avanzó con paso decidido por las escaleras hasta llegar a la primera planta y localizar la puerta que llevaba el número 11.

Tras la abundante cena de gastronomía escocesa, Alex y Nessa se sentaron junto a la chimenea en uno de los sofás que rodeaban la enorme mesa de centro del salón. Alex degustaba un vaso de *whisky* escocés y Nessa miraba distraída el incesante baile del fuego.

—¿Todo bien, señores? —preguntó Jamie que se había acercado hasta donde estaban los dos hermanos.

—Sí, la cena estaba deliciosa —contestó Alex con gesto satisfecho.

—Todo perfecto —añadió la joven—. Aunque la habitación tiene solo una cama.

—Sí, es lo habitual que solemos reservar para las parejas.

—¿Pareja? Nosotros no somos pareja, él es mi hermano —se apresuró a aclarar Nessa.

—Disculpen, había dado por supuesto…

—No te preocupes, nos suele pasar —añadió Alex después de dar un sorbo del vaso de *whisky*.

—Somos mellizos.

—Vaya, entiendo…

—Ni somos pareja, ni tenemos pareja, ninguno de los dos —se esforzó en dejar claro Alex, después de ver cómo al pelirrojo parecía que se le hubiese iluminado la cara al saber que su hermana no era su mujer, ni nada que se le pareciese.

—Por cierto, ¿podrías aconsejarnos lugares para visitar cercanos a Fort William? —le preguntó Nessa al pelirrojo para desviar un poco la atención de la aclaración que Alex acababa de hacerle a Jamie.

—Por supuesto, esperad que ahora mismo los traigo con un mapa de la zona de los que tenemos en recepción —dijo el chico mientras se apresuraba hasta el mostrador del *hall* de la entrada.

—Lo tienes en el bote, hermanita —susurró Alex y le guiñó el ojo.

—Calla, calla, solo pretende ser amable con nosotros —se apresuró a responderle antes de que el escocés regresara.

—Siéntate, por favor —le rogó Alex dejando espacio suficiente entre él y Nessa para que el chico se acomodara junto a su hermana y le regaló una sonrisa cómplice a ésta.

Capítulo 8

La conversación con Jamie en la que aconsejaba a los hermanos los mejores lugares de la zona para visitar se alargó bastante.

—Vaya, se ha hecho tarde —afirmó Jamie consultando su reloj de pulsera.

—Disculpa, me pongo a hablar y… —respondió Nessa.

—No, no te preocupes, la culpa ha sido mía —se apresuró a aclarar el pelirrojo.

—Seguro que mañana has de madrugar y te hemos tenido aquí hasta las tantas —añadió la joven.

—No, mañana es mi día de fiesta y puedo hacer lo que me plazca, ventajas de ser el dueño.

—Vaya, qué suerte, pues, si te apetece, podrías venirte con nosotros —dijo Alex lanzándose a invitar al escocés con la certeza de que eso gustaría a Nessa.

—Jamie, disculpa a mi hermano, no queremos abusar de tu amabilidad —añadió Nessa sonrojada.

—No, no es ningún abuso. De hecho, ahora que lo dices, no es mala idea. Hace tiempo que no hago solo de turista por la zona y esa es la mejor manera para después poder aconsejar lugares para visitar a los clientes de la casa.

—Ah, perfecto, entonces es un buen plan —contestó la joven sin poder ocultar su sonrisa.

—Pues no se hable más, ¿a qué hora nos encontramos mañana? —preguntó Alex.

—¿A las ocho en el salón para desayunar? —propuso el pelirrojo.

—Te va a tocar madrugar en tu día de fiesta —respondió Nessa.

—Lo haré encantado.

Nessa no podía creer que Jamie y ella hubiesen conectado de esa manera y que tuviesen por delante un día de turismo en aquella zona tan bonita junto al lago Ness, el lugar con el que llevaba soñando visitar desde hacía tanto tiempo.

—Hermanita, lo tienes en el bote —rio de forma pícara.

—¿A quién? —preguntó Nessa haciéndose la sueca.

—Al de *Outlander* —rió Alex.

—Mira que te gusta decir tonterías, ¿eh?

—¿Tonterías? Para nada. Tienes al pelirrojo coladito por ti, por mucho que quieras disimular.

—Anda, anda, mañana viene con nosotros porque quiere hacer turismo y le interesa para su negocio, ya lo has escuchado.

—Turismo mientras disfruta de tu sonrisa —rio y le hizo burla.

Nessa, a pesar de que intentaba disimular ante Alex, no podía evitar sentirse ilusionada por pensar en el día que le esperaba cuando se despertase a la mañana siguiente. Hacía tanto que no sentía esa ilusión por nada ni por nadie, que le parecía increíble esa sensación que le hacía volver a sentirse viva.

Poco le importó a Nessa la ruta que Jamie les había preparado para visitar los alrededores del lago Ness y el mágico y precioso castillo de Urquhart, del que el pelirrojo les explicó llevado por la pasión las increíbles batallas entre ingleses y escoceses que habían tenido lugar allí mismo. Nessa prefirió quedarse con el brillo de los ojos del pelirrojo cuando la emoción le embargaba, mientras les mostraba los lugares más bellos de aquella zona de su país.

—No sé qué pinto aquí —le susurró Alex a su hermana en un momento en el que Jamie se quedó rezagado.

—¿Cómo que qué pintas aquí? Estamos de vacaciones, ¿no? —respondió Nessa sin entenderle.

—Sí, eso lo tengo claro, pero me refiero a qué estoy haciendo aquí de aguanta velas entre el pelirrojo y tú —afirmó Alex alzando una ceja.

Nessa le hizo un gesto para que se callara porque justo en ese momento Jamie los había alcanzado.

—Chicos, vamos ahora a subir a la Grand Tower, desde allí tendremos las mejores vistas del lago —afirmó el escocés al llegar.

—Vamos, vamos, sí —dijo Nessa con una sonrisa radiante.

—Sois incansables —refunfuñó Alex a lo que Nessa y Jamie respondieron con una carcajada.

—Agárrate de mi brazo, que este suelo acostumbra a resbalar, y más teniendo en cuenta las cuatro gotas que han caído hace un rato —afirmó el pelirrojo ofreciendo su brazo a Nessa después de comprobar si el cielo continuaba cubierto o no.

—Esperemos que haya dejado de llover por hoy —respondió la joven un poco nerviosa al sentir el cuerpo del escocés tan cerca del suyo.

—Aquí nunca se sabe, tan pronto hace sol de primavera como cae una tormenta que lo deja todo medio inundado —le contó Jamie sin dejar de sonreírle.

Tras ellos Alex seguía los pasos de la pareja. A pesar de que estaba cansado de todo lo que Jamie les había hecho caminar durante el día, se sentía inmensamente feliz por ver de nuevo sonreír de esa manera a su querida melliza.

—¿Vosotros no estáis cansados? —les preguntó Alex cuando llegaron a la Gran Tower.

—No, en absoluto. Pequeñín, te estás haciendo mayor… —rio Nessa al ver el gesto de cansancio de Alex y Jamie no pudo reprimir tampoco la carcajada que le provocó el comentario de ella.

Poco antes de la cena, Alex aparcaba el mini frente a la MacNeil Guest House. Durante todo el trayecto en coche Nessa y Jamie no habían parado de hablar. Alex se limitaba a conducir y a escuchar la animada conversación que su hermana y el escocés mantenían. Saltaba a la vista que habían conectado y que algo especial se estaba fraguando entre los dos.

—Voy a la cocina para comprobar si todo está listo para la cena —dijo Jamie al bajar del coche.

—Perfecto. Nosotros vamos a asearnos un poco y en seguida bajamos al comedor —le informó Nessa.

—Princesita, se te cae la baba con el pelirrojo, ¿eh?

—Es un chico genial, además de muy guapo —dijo Nessa con una gran sonrisa.

—Eso me quedó muy claro desde el primer momento en que lo viste —rio Alex.

—Bueno, chicos, yo me voy a retirar a mis aposentos —dijo Alex interrumpiendo la animada conversación que Jamie y Nessa mantenían después de la cena.

—Muy bien, chiquitín, que descanses —respondió la hermana acomodándose en el sofá frente al fuego en el que estaba sentada junto al escocés.

—Buenas noches, Alex —contestó Jamie.

Esa noche parecía que el resto de los huéspedes se habían retirado a sus habitaciones temprano, porque poco después de la cena no quedaba nadie en el salón junto al fuego a excepción de Jamie y Nessa.

—Me hipnotiza mirar el fuego —dijo la joven sin apartar los ojos de las llamas que no cesaban de bailar sobre los troncos.

—El fuego tiene ese poder, aunque no es lo único de esta sala con poder hipnotizante sobre mí…

—¿Qué más tiene ese poder? —preguntó Nessa con ingenuidad.

—Tú… —respondió él mirando fijamente a los ojos a la joven.

Nessa bajó la mirada y tragó saliva incrédula de que aquello le estuviera sucediendo a ella. No podía ser que un chico como Jamie le hubiese dicho lo que acababa de escuchar de los labios del pelirrojo. En aquel momento era como si todo lo mal que lo había pasado desde el momento en que Joel entró en urgencias se esfumase en un segundo y volviese a recuperar esa ilusión y ganas de vivir que tenía antes de toda aquella pesadilla.

—Jamie… —fue lo único que se atrevió a susurrar en aquel momento.

—Ha sido un día maravilloso, pero en especial por haber podido disfrutar de tu compañía —le dijo el escocés alzándole la barbilla con la punta de los dedos.

—Sí, hacía mucho que no pasaba un día tan bonito.

—Me alegro de haber sido testigo entonces.

—Sí, los últimos meses no han sido fáciles para mí.

—Lo siento…

—Gracias —balbuceó Nessa mientras notaba cómo los ojos se le anegaban.

—¿Quieres que te prepare mi especialidad? —se apresuró a preguntar Jamie al ver la tristeza que había invadido de repente a su compañera.

—¿Tu especialidad? —preguntó Nessa intentando disimular la emoción que le acababa de invadir.

—¿Has probado alguna vez un *scottish coffee*?

—Soy una amante del café, pero nunca lo he probado…

—Pues es mi preferido… Espérame un minuto que ahora vuelvo con uno para ti y uno para mí —dijo Jamie y acto seguido caminó en dirección a la barra de la zona de cafetería.

En apenas unos minutos Jamie regresó junto a Nessa con una jarra del tamaño de una taza en cada mano.

—Uno para ti —dijo ofreciéndole uno de los cafés.

—Vaya, así que esto es un café escocés —afirmó Nessa mirando la curiosa taza.

—Sí, café, *whisky* y helado de vainilla, ¡una delicia! —sonrió Jamie tomando un primer sorbo.

—Guau, qué rico —añadió Nessa al probarlo—. Mi hermano y yo somos unos locos del café. Siempre hemos tenido el sueño de montar una cafetería en la que preparar deliciosos cafés con dos dedos de espuma de leche y dibujos sobre ella, y pasteles de mil capas, que tanto disfruto preparando.

—Vaya, así que eres toda una repostera, ¡qué bueno!

—Sí, me encanta preparar pasteles, me relaja. Antes, cuando estaba hasta arriba de estrés por el trabajo, me metía unas cuantas horas en la cocina, preparaba varios pasteles y salía como nueva.

—Mucho mejor que el yoga y la meditación —rio Jamie.

—Manita de santo —afirmó Nessa, aunque Jamie se la quedó mirando con cara de no haberle entendido —. Ups, disculpa, a veces se me olvida que eres escocés y hago traducciones literales del castellano al inglés y creo que según qué expresiones pierden totalmente el sentido —rió la joven.

—Totalmente, aunque verte reír es tan maravilloso que no me importa que continúes haciendo traducciones literales —respondió con gesto embelesado.

—Pues tenemos hasta el nombre de la cafetería decidido —se apresuró a contarle Nessa para distraer un poco la tensión que le había generado lo que le acababa de decir Jamie.

—Ah, ¿sí?

—Sí, nos gustaría llamarlo Sweet Coffee.

—¡Qué bonito nombre!

—Sí, querríamos que fuera una cafetería muy acogedora, como esta casa. Un lugar para la gente que ama el café, leer, los sofás cómodos y también escuchar música en directo, porque no sé si te lo hemos contado, pero mi hermano canta y toca la guitarra muy bien.

—Vaya, si sois una caja de sorpresas —exclamó Jamie sorprendido.

—Bueno, no te creas, que además de estas habilidades no tenemos muchas más —rio de nuevo Nessa.

—Eso no es cierto, seguro que tienes un montón por ahí escondidas —afirmó sonriente el pelirrojo.

—¿Y tú? ¿Qué es lo que te ilusiona? —preguntó la joven.

—Guau, eres directa…

—Eso dicen —respondió coqueta.

—Pues a mí lo que realmente me gustaría sería marcharme de Escocia…

—¿En serio?

—Completamente.

—Pero ¿por qué quieres marcharte de este paraíso?

—Porque a mí lo que me gusta es montar viajes para gente de fuera de mi país, para mostrarles lugares que no son los típicos que suelen recomendar para visitar en todos sitios.

—Como hemos hecho hoy, ¿no?

—Sí, aunque la verdad que lo que hemos hecho hoy ha sido del todo improvisado, porque de anoche a esta mañana no he podido organizar demasiado, y además tampoco sabía lo que habíais visto hasta ahora.

—Pues los lugares a los que nos has llevado nos han encantado. Además, ver la pasión con la que nos has explicado lo que hemos visto, ha sido lo mejor de todo.

—Vaya, ¡muchas gracias!

—Y ¿por qué no te lanzas ya a cumplir tu sueño? —preguntó la joven.

—Pues porque por ahora he de continuar aquí. Le prometí a mis padres que me haría cargo del negocio, durante un par de años más, al menos hasta que Henry, mi hermano menor, acabe los estudios y entonces pueda dedicarse por completo a la gestión de los diferentes hotelitos que tiene mi familia repartidos por las Highlands.

Entre sorbos del delicioso *scottish coffee* que había preparado Jamie y con la compañía del incesante baile del fuego en la chimenea, pasaron una velada llena de miradas y sonrisas cómplices.

—Deberíamos ir a dormir —dijo Nessa mirando la hora en el reloj de pulsera de Jamie.

—Ups, sí, porque si no mañana se nos pegarán las sábanas —contestó tomando entre las manos las tazas vacías para dejarlas sobre la barra de la cafetería.

—Gracias por un día tan maravilloso, Jamie —le dijo Nessa al llegar a la puerta de su habitación.

—Gracias a ti, ha sido todo un lujo poder disfrutarlo en tu compañía —respondió el joven rodeando con sus brazos el cuerpo de la joven, que se estremeció de arriba abajo al sentir al pelirrojo tan cerca.

Cuando Nessa se tumbó boca arriba sobre el mullido colchón de matrimonio sobre el que su hermano dormía desde hacía horas, sonrió. Alex siempre había tenido un sueño tan profundo que podría pasarle un camión por encima y no lograría despertarlo.

Mirando el techo de la habitación recordó a Joel y sonrió. Sabía que si su marido la pudiese ver en ese momento se alegraría al comprobar que por fin había empezado a salir del pozo de tristeza en el que había estado todo ese tiempo.

Con la imagen de Joel sonriente por verla de nuevo feliz, en apenas unos segundos se quedó dormida, tranquila. Parecía que había llegado el momento de dejar tanta tristeza atrás y empezar de nuevo a ser feliz o, al menos, a intentarlo.

Capítulo 9

—Espero que hayáis estado muy a gusto en la MacNeil Guest House —les dijo Jamie cuando Nessa le devolvió la llave de la habitación en la que habían pasado los últimos dos días.

—Ha resultado inigualable, en especial, la ruta que hicimos ayer —dijo Nessa sin dejar de mirarlo.

—Muchas gracias por todo, Jamie, ha sido un placer conocerte y poder disfrutar de tu compañía —añadió Alex abrazando de forma tosca pero sincera al escocés.

—El placer es mío y me encantaría volver a teneros por aquí —respondió Jamie justo antes de abrazar a Nessa. La joven, agarrada a él, le dio dos besos en las mejillas. Le hubiera gustado quedarse allí, amarrada a su cuello y disfrutando de su olor y del calor de su cuerpo.

Durante las dos horas que duró el trayecto hasta Inverness, Nessa se mantuvo callada, porque andaba ocupada mandándose mensajes con Jamie. Alex, concentrado en la carretera y escuchando música típica escocesa, miraba de reojo cómo su hermana sonreía. Había estado tan preocupado por ella, que él tampoco podía evitar sonreír. No tenía la menor duda de que aquel había sido el mejor regalo que podría haberle hecho a su hermana.

—Guau, me siento como si fuera Claire Fraser —dijo Nessa al bajar del coche y contemplar el Castle Leoch, un rato antes de llegar a Inverness.

—Supongo que esa debe de ser la de *Outlander*, ¿no?

—Claro que sí, chiquitín. Estoy segura de que después de este viaje, tal y como regreses a casa te vas a tragar la serie enterita —rio la joven, aunque justo en ese instante su teléfono emitió un pitido que le avisaba de que había recibido un mensaje.

—Vaya, vaya, hoy el teléfono no deja de sonar —afirmó Alex con sorna.

—¿Me lo vas a requisar? —bromeó Nessa.

—Para nada, me encanta verte así —respondió dándole un beso en la frente.

—Gracias, Alex. Aunque no puedo evitar sentir que estoy haciendo algo mal.

—¿Algo mal?

—Sí, como si estuviera traicionando a Joel… Eso a veces lo pienso, aunque hay otras en las que tengo la certeza de que Joel estaría feliz de ver que vuelvo a recuperar la ilusión.

—Claro que sí, Nessa, así es. Sabes que le conocía muy bien y sé que él quería lo mejor para ti y eso no es otra cosa que verte feliz. Ya has pasado demasiado tiempo metida en tu cueva llorando.

—Sí, tienes razón… Pero volver a sentir algo especial por un hombre que no es Joel, me hace sentir rara.

—Lo entiendo, pero has de continuar adelante, has de atreverte a vivirlo…

—Sí y lo voy a hacer —afirmó Nessa lanzándose a abrazar a su hermano y este la recibió y la abrazó.

—Mándale un mensajito al pelirrojo, anda…

—¿Para qué?

—Dile que nos reserve una habitación para esta noche, que regresamos —le guiñó un ojo a su hermana, que se le tiró encima para darle un abrazo.

Planearon pasar los siguientes dos días en la MacNeil Guest House, haciendo rutas por la zona en compañía de Jamie y conociendo lugares en los que prácticamente no había turistas. Estuvieron en esos sitios que el escocés soñaba con mostrar a los viajeros que eligieran sus rutas para conocer Escocia.

—Disculpadme, pero hoy no os acompañaré —dijo Alex a Jamie y Nessa poco antes de salir de ruta.

—¿Por qué? ¿Estás bien? —preguntó la hermana preocupada.

—Estupendamente, pero me apetece quedarme por aquí, disfrutar de Fort William y de las vistas preciosas que tiene esta casa.

—Bueno, como quieras.

—Aunque hoy os pensaba llevar a un lugar mágico —le contó Jamie alzando y bajando las cejas de forma cómica.

—Os dejo que disfrutéis de la magia vosotros dos solitos —sonrió Alex.

La ruta que tenía Jamie preparada para ese día les llevó a visitar la cascada de Grey Mare's, en Kinlochleven, un lugar cercano a Fort William. La ruta empezaba en la iglesia de Saint Paul, desde donde podrían tomar un camino por medio del bosque que los llevaría hasta la base de la cascada, un acantilado rodeado de vegetación frondosa y tupida y árboles de troncos gruesos que dotaban a la zona de un ambiente mágico inigualable. Desde allí, tomaron otro camino que los condujo hasta un mirador desde donde pudieron contemplar la grandeza del paisaje del Loch Leven desde las alturas.

—Nunca habría imaginado que las *Highlands* tuvieran tantos tesoros escondidos. Este viaje ha sido un verdadero regalo —afirmó Nessa poniéndose en jarras y contemplando maravillada el paisaje que tenía ante ella.

—El regalo ha sido para mí —respondió Jamie mientras posó su brazo sobre los hombros de la chica.

—Ha sido una suerte haberte conocido, Jamie —susurró Nessa girándose hacia el pelirrojo, perdida en la profundidad de sus ojos claros.

En ese instante, en el que el tiempo parecía que se había parado y con el espectacular paisaje del Loch Leven de fondo, Jamie se acercó despacio hasta la joven, la tomó por la barbilla con la punta de los dedos, sin dejar de mirarla, posó sus labios sobre los de ella. Un suspiro se escapó de entre los labios de Nessa cuando Jamie se alejó y una sonrisa se le dibujó al instante.

Capítulo 10

—Me gusta mucho verte así —dijo Alex al ver su hermana. Nessa estaba radiante después de contarle lo que le había sucedido con el escocés junto al Loch Leven.

—Hace mucho que no me sentía así de bien.

—Estoy tan feliz de haberte sacado al fin de aquel sofá de tu comedor que parecía que te había absorbido —rio el joven.

—Sí, nunca podré agradecértelo suficiente.

—No me has de agradecer nada, tontorrona —dijo y le hizo un gesto de burla.

—Lo peor es que todo lo bueno se acaba y debemos regresar a Barcelona —afirmó Nessa con gesto triste.

—Bueno, eso no tiene por qué ser así…

—Hombre, no nos podemos quedar aquí eternamente, a ti se te acaban las vacaciones.

—Sí, pero se me acaban a mí, no a ti —afirmó alzando una ceja sin dejar de mirar a su hermana.

—Bueno, ya lo sé, pero ¿y qué? —respondió Nessa sin entender lo que quería decirle Alex.

—Pues que soy yo a quien se le acaban las vacaciones, pero tú no tienes por qué regresar conmigo, ¿no?

—¿Cómo que no?

—Claro, podemos cambiar la fecha de regreso de tu vuelo para que vuelvas cuando quieras.

—Pero…

—No hay peros que valgan. Yo regreso mañana a Barcelona y tú puedes quedarte aquí disfrutando de Escocia y del *highlander* pelirrojo tanto tiempo como te apetezca —dijo Alex con gesto cómico ante lo que Nessa no pudo reprimir una sonora carcajada.

—Ay, chiquitín, qué haría yo sin ti…

—Pues por lo pronto tener toda esta habitación para ti —dijo Alex mirando a su alrededor.

—Y toda la cama para mí, que con la urgencia que reservamos de nuevo, Jamie no tenía habitaciones con camas individuales —rio Nessa de nuevo.

—Qué manera de defender al escocés, ¿eh, princesita?

—Te noto un poco celosillo, chiquitín —respondió Nessa haciendo el gesto de darle una colleja.

—Ay, qué penita me da que te marches —le dijo Nessa a su hermano dándole un abrazo junto a la puerta de embarque.

—Más pena me da a mí que se me hayan acabado las vacaciones —respondió Alex simulando un puchero.

Nessa rio al ver el cómico gesto de él y lo abrazó con fuerza.

—Disfruta del tiempo que estés aquí, no pienses, solo vive y siente —le dijo Alex al oído a su hermana para después darle un cariñoso beso en la mejilla.

—Sí, prometo hacerte caso…

—Y échame un poco de menos también, ¿no?

—Bueeeeeno —respondió con sorna la joven.

—Va, vete que tienes al escocés esperando en el coche —añadió Alex justo antes de darle otro beso a su hermana con su tarjeta de embarque en la mano.

—Voy, voy, mandón —respondió Nessa y le sonrió diciéndole adiós con la mano.

—Echaré de menos a Alex —dijo la joven acercándose hasta el mostrador de recepción tras el que estaba sentado Jamie.

—Pondré todo de mi parte para que no sientas añoranza.

—Eres un sol.

—Tengo la tarde tranquila por aquí, porque no está prevista la llegada de huéspedes. He pensado que podríamos ir a Glen Coe. Dicen que es uno de los valles más bonitos de todo el país, ¿te apetece? —sonrió el pelirrojo.

—Sí, además creo que el Glen Coe salía en el primer capítulo de *Outlander*...

—Vaya, tendrás que disculparme, porque he escuchado hablar mucho de esa serie, porque muchos huéspedes me preguntan sobre dónde ver algunos de sus escenarios, pero no la he visto...

—¿Aún no la has visto? —dijo Nessa con gesto de incredulidad— porque a eso he de ponerle solución...

—¿Y cómo? Si puede saberse.

—Si quieres, cuando regresemos de nuestra excursión podemos ver el primer episodio en mi tableta, seguro que te volverás tan fan como yo —dijo Nessa y justo después le guiñó un ojo —De hecho, podrías montar una ruta *Outlander*, diferente a las que ya hay, para ofrecer a tus clientes.

—Me parece un plan inmejorable… Eso sí, tú pones la tableta y yo la cena, ¿te parece?

—¡Hecho! —afirmó la joven estrechándole la mano de forma teatral.

Al regreso de la visita a Glen Cloe empezó a llover de forma abundante, con solo ir desde el coche hasta la MacNeil Guest House, quedaron empapados.

—Pero vaya chaparrón —resopló Nessa con el pelo mojado.

—Estas cosas son habituales por aquí —dijo Jamie ayudándola a quitarse la chaqueta.

—Todavía continúan sorprendiéndome estos cambios de tiempo tan locos, en Barcelona no suelen pasar estas cosas…

—Barcelona es una ciudad preciosa —afirmó Jamie quitándose él también la chaqueta que aún no había tenido tiempo de sacarse.

—¿Has estado?

—Sí, hace unos años. Pero fue un viaje relámpago y me quedaron muchos lugares por conocer.

—Pues estás invitado a regresar cuando quieras y yo te haré de guía turística.

—Será todo un lujo tener una guía tan preciosa —susurró el pelirrojo acercándose para darle un suave beso en los labios.

Jamie había pasado toda la tarde junto a ella con ganas de besarla. Pero el temor a poder incomodarla si le robaba un beso en medio de la calle le hacía contenerse. Nessa deseaba que sus labios volvieran a juntarse, a pesar de que no se había atrevido a dar el primer paso para volver a disfrutar de su contacto. Así que cuando notó el roce de los labios del escocés sobre los suyos, se sintió protegida y mimada, una sensación que ansiaba sentir desde que había descubierto cómo reaccionaba su cuerpo cuando tenía a Jamie cerca.

Justo después de ese beso, llegó otro, ya no tan suave y mucho más cargado de pasión. Sus cuerpos se juntaron utilizando sus brazos como lazos indestructibles. Entre besos, ambos entreabrían los párpados hasta encontrar la mirada del otro, solo cuando sus pupilas se encontraban, se sentían tranquilos, en casa.

Para Nessa todo aquello era muy nuevo. Hacía mucho que no sentía una sensación como aquella. Su cuerpo empezaba a hablar de nuevo por él mismo y le encantaba el lenguaje que utilizaba. El deseo se había vuelto a hacer dueño de él y parecía, por las señales que recibía, que el de Jamie utilizaba también el mismo vocabulario.

Poco después de esos primeros besos, Nessa y Jamie entraron en la habitación de ella, aún abrazados. Utilizaban sus bocas como las raíces a las que se anclaba su deseo. Se despojaron de su ropa lentamente, uno al otro, acompañando sus manos con el roce de sus labios sobre sus cuerpos y sin dejar de buscarse con los ojos. Sus cuerpos, cada vez más sedientos el uno del otro, se dejaron llevar por la atracción y la pasión que sentían.

Jamie tumbó a Nessa sobre la cama con delicadeza, como el que sabe que tiene un frágil tesoro entre las manos y la cubrió de besos, en todas aquellas partes que la ropa había dejado descubierta su piel. Con calma y disfrutando de su tacto, Jamie y Nessa se dejaron llevar por lo que sentían y acabaron uniendo sus cuerpos al ritmo que marcaban sus corazones.

Capítulo 11

Los días en las Highlands pasaron rápido para Nessa. Parecía que las semanas junto a Jamie volaban. A la joven nada la esperaba en Barcelona, pero sabía que debía regresar a casa en algún momento.

—No quiero que te vayas, preciosa.

—Ni yo, pero no puedo estar eternamente aquí…

—No veo por qué no —dijo Jamie alzando una de sus cejas.

—En algún momento debo regresar a casa —sonrió Nessa.

—Tienes a Alex allí que se encarga de regarte las plantas —bromeó el joven.

—Lo sé, aunque no sé si fiarme de sus dotes como jardinero, porque es un auténtico terrorista de las plantas, no hay ni una que logre sobrevivir cuando cae en sus manos —rio.

—Te voy a echar mucho de menos, ¿lo sabes?

—Y yo a ti —respondió la joven dándole un beso al guapo pelirrojo.

—Ahora que me he acostumbrado a vivir con tus besos, me va a costar mucho sobrevivir sin ellos…

—Tendremos que pasar el período de abstinencia —dijo ella alzando y bajando los hombros.

—Será duro —bufó el escocés.

—Mucho, pero nos volveremos a ver —aunque Nessa no tenía demasiado claro cuándo sería eso.

—Sí, seguro que sí.

—Aunque no sé cuándo…

—No, ya sabes que por ahora no puedo dejar la MacNeil Guest House —explicó Jamie con el gesto triste.

—Lo sé —respondió Nessa bajando la mirada.

—Hasta que Henry no acabe sus estudios, no hay nadie más que pueda responsabilizarse de esto.

—Ya… Además, no estaría bien que dejaras a tu familia colgada por salir corriendo tras una turista que acabas de conocer —Nessa torció el gesto.

—Va, preciosa, no digas eso que me siento peor —respondió rodeándola con sus brazos para atraerla hacia él.

—Me va a resultar muy difícil esto —susurró Nessa con las manos sobre el pecho del pelirrojo, mientras él mantenía los brazos alrededor de su cuerpo.

—Y a mí —susurró justo antes de besarla.

En el vuelo de regreso a Barcelona, Nessa, con la mirada perdida sobre el colchón de nubes que veía desde la ventanilla del avión, no podía dejar de pensar en lo que sucedería entre ellos a partir de entonces. El tiempo que había pasado en las Highlands se había sentido muy bien, era como un oasis en medio del desierto de tristeza en el que se había convertido su vida desde la muerte de Joel. Sin embargo, los días en el calendario se habían sucedido demasiado rápido. Dicen que cuando eres feliz el tiempo pasa a velocidad de vértigo.

Se había esforzado en cumplir la promesa que le había hecho a Alex antes de que regresara a Barcelona: había vivido su historia con Jamie sin pensar demasiado, intentando disfrutar de los momentos que le regalaba la vida y de los sentimientos que afloraban dentro de su pecho. Sin embargo, ahora que debía regresar a la vida real, haberse dejado llevar por el corazón y haberse enamorado como lo había hecho de

Jamie, le dolía. Despedirse de su *highlander* pelirrojo la había dejado rota por dentro.

Justo en el momento en el que se había subido a ese avión con el que sobrevolaba el tupido colchón de nubes, su historia con Jamie había empezado otra etapa. A partir de entonces, la suya sería una relación a distancia, algo en lo que no confiaba y que estaba convencida que no tendría un buen final. Y no sabía si quería volver a sufrir y a sentirse sola como lo había hecho durante los últimos meses, aunque por una causa muy distinta.

Capítulo 12

Nessa avanzaba sobre el brillante suelo del aeropuerto de Barcelona arrastrando su maleta sin levantar los ojos de la punta de sus deportivas. Pensaba en la última vez que había estado en aquel lugar y lo diferente que se sentía. Entonces estaba muy ilusionada por el viaje que tenía por delante junto a su hermano y ahora, de regreso de ese destino que tanta emoción le había hecho visitar por primera vez, volvía enamorada, aunque con el corazón roto por no saber cuándo volvería a ver al hombre al que amaba.

Tras las puertas automáticas de salida de pasajeros vio a su hermano esperándola. Cuando se vieron, a Alex se le dibujó una gran sonrisa y Nessa salió corriendo hacia él tan rápido como le permitía su pesada maleta. Ansiaba refugiarse en los brazos de su hermano y poder llorar como hacía días que no se había permitido hacer.

—Pero, Nessa, ¿por qué lloras?

—Porque acabo de llegar y ya lo echo de menos —susurró Nessa abrazada a su hermano con fuerza y hundiendo la cara en su pecho para poder dar rienda suelta a las lágrimas que brotaban sin control de sus ojos.

—Va, pero si seguro que de aquí a nada volvéis a veros. El pelirrojo no va a aguantar mucho sin verte…

—Las relaciones así son muy difíciles —dijo entre sollozos.

—Bueno, son diferentes, pero no por eso menos habituales… Además, cuando os veáis tendréis tantas ganas de estar juntos que temblarán las paredes de tu casa —bromeó Alex.

—¡Qué burro eres! —exclamó Nessa sin poder reprimir la risa. Alex siempre había tenido la habilidad de conseguir arrancarle una carcajada a pesar de que ella se sintiera tan triste como ese día.

—No me gusta verte tumbada de nuevo en ese sofá —dijo Alex a Nessa al llegar de trabajar.

—Va, no empieces con eso, por favor.

—No, Nessa, no me digas que no empiece, porque esto parecía que se había acabado…

—El estado de ánimo que tuve en Escocia fue pasajero —dijo sin atreverse a mirar a su hermano.

—No digas eso —añadió él acercándose hasta donde estaba su hermana —. No puedes volver a caer…

—No tengo nada que me haga levantarme…

—¿Cómo que no?

—No, no tengo nada…

—Me tienes a mí y tienes a Jamie.

—Jamie está a miles de kilómetros…

—Lo sé, pero sabes que está ahí, que puedes llamarle o veros.

—¿Vernos?

—Claro.

—No creo en las relaciones a distancia.

—Nessa, por favor, no empieces con eso. Ahora mismo vuestras circunstancias son estas.

—Estoy harta de que las circunstancias me fastidien la vida una y otra vez.

—Va, vamos a dormir, hoy lo ves todo negro, pero estoy seguro de que mañana lo verás diferente — insistió Alex tirando de las manos de su hermana para ayudarla a levantarse del sofá.

Tal y como había imaginado que le sucedería, Nessa no logró pegar ojo en toda la noche. La conversación que había mantenido con su hermano había girado sin freno dentro de su cabeza y cada vez estaba más convencida de que todo aquello no tenía sentido.

Desde que había subido en el avión de regreso a Barcelona, no había dejado de pensar en cómo serían sus vidas estando separados. Cada día que pasaba, a Nessa se le hacía más cuesta arriba vivir alejada de él, la añoranza le podía y después de la pérdida de Joel, se resistía a no poder disfrutar de lo que la vida le ponía en su camino.

Los primeros tiempos de su relación con Joel también les tocó estar separados mientras él estuvo en la academia de policía. Quizá fue por juventud o tal vez por la inexperiencia, pero ese tiempo lejos del que ya era su pareja, lo había llevado mucho mejor. Sin embargo, ahora ya sabía lo que era perder en el amor y no estaba demasiado convencida de que pudiera reponerse de nuevo a tener el corazón roto.

Mientras se preparaba un café cogió el teléfono que había dejado cargando sobre la mesita de noche de su habitación y buscó el número de Jamie. Debía ser valiente y hacer frente a la realidad, no podía continuar engañando al destino y dando vueltas en lugar de enfrentarse a lo que la vida le había reservado.

—Preciosa, qué alegría ver tu teléfono en la pantalla de buena mañana —le respondió Jamie desde el otro lado.

—Hola…

—Vaya, ¿solo me dices un «Hola»?

—Jamie, he estado pensando…

—¿En qué? ¿Qué sucede?

—En nosotros, en esto…—susurró Nessa aguantándose las lágrimas que ya pugnaban por escaparse de sus ojos.

—Nessa, por favor, no le des vueltas…

—No, no puedo seguir así. Esto de no vernos no lo llevo nada bien…

—Es temporal…

—Sí, pero no podemos estar pendientes del teléfono o de tener que coger un avión para vernos.

—No somos los únicos que tenemos que hacer eso para estar juntos.

—Lo sé, pero es algo que no me gusta —dijo Nessa ya rota en lágrimas.

—Por favor, no llores, mi amor —susurró el escocés visiblemente afectado desde el otro lado del teléfono.

—No puedo más, no puedo…

—Nessa, mi amor…

—Lo mejor para ambos es que cada uno siga su camino —dijo ella entre sollozos.

—Por favor, no digas eso y cálmate. No tomes ninguna decisión precipitada…

—No es algo precipitado, llevo pensándolo desde que regresé a casa…

—Mi amor, no tires la toalla, no quiero perderte.

—Jamie, no puedo más, prefiero no seguir hablando…

A pesar de que Jamie le llamó varias veces, ella desconectó el teléfono. No era capaz de enfrentarse a Jamie con el dolor que le invadía en ese momento. Tenía la sensación de que la vida le daba la espalda y nada de lo que hiciese le saldría bien. No sabía si la decisión que había tomado sería la correcta y la mejor opción para ella, pero era la única manera que había logrado encontrar para crearse una coraza que la mantuviese a salvo de volver a sufrir.

Capítulo 13

Los días volvieron a ser grises y vacíos para Nessa. De nuevo volvía a vivir recluida dentro de su piso y pasaba las horas entre el sofá y la cama, sin otro paisaje que no fuese el techo.

—Nessa, por favor…—dijo Alex al verla de nuevo tumbada en el sofá.

—Déjame tranquila —contestó de mal humor.

—No, no voy a dejarte.

—Es lo que quiero.

—Pues no, no pienso hacerlo…

—Al final todos los hombres de mi vida acaban dejándome de una manera u otra, ¿por qué no ibas a hacerlo tú?

—Eso no es verdad, además yo soy tu hermano, no seas injusta, Nessa.

—No tienes ni idea de lo mal que me siento.

—Va, princesita, por favor…—rogó Alex arrodillándose junto al sofá para ponerse cerca de su hermana.

—No me llames así, que me recuerda a Escocia.

—¿Y qué pasa?

—Pues que me acuerdo de Jamie y es peor.

—No puedes borrar a Jamie de tu vida de un plumazo.

—¿Cómo que no?

—No, no os lo merecéis ninguno de los dos.

—Jamie no ha sido más que una canita al aire, un entretenimiento durante nuestro viaje…—dijo con poca convicción de que Alex la creyera.

—Nessa, no pretendas dar una imagen de ti que sé muy bien que no es real.

—¿Qué sabrás tú?

—Te conozco muy bien, demasiado, y sé que estás hecha una mierda.

—Tampoco hay que ser adivino, con las pintas que llevo… —resopló la chica.

—Deja de decir tonterías y levántate de ahí, venga —dijo Alex animándola a incorporarse del sofá.

—¿Levantarme para qué? Nadie me espera…

—Te espera la vida ahí fuera —afirmó Alex señalando con la mano derecha hacia el exterior.

—Vivo de nuevo sumida en una vida gris, cobrando una pensión de viudedad por muerte en acto de servicio, no necesito ni ir a trabajar para pagar la hipoteca…

—Pues imagínate qué suerte, puedes dedicarte a hacer cosas que te gusten, que te ilusionen…

—En mi vida ya no hay ilusión, ni nada que me haga seguir adelante —musitó Nessa para acto seguido volver a romperse en lágrimas.

Alex miró a su hermana con el corazón roto y no supo hacer nada más que rodearla con los brazos y darle besos en las mejillas, que a esas alturas tenía cubiertas de lágrimas. No sabía cómo ayudarla, le preocupaba no saber la manera de sacarla del pozo en el que estaba cada vez más hundida. Pero si algo tenía claro era que no se iba a quedar de brazos cruzados, haría lo que hiciese falta para ayudar a Nessa y continuar adelante. Siempre se habían tendido la mano el uno al otro para seguir avanzando y ahora no iba a ser diferente, pondría todo de su parte para lograrlo.

Capítulo 14

Alex llevaba tiempo dándole vueltas a una idea que creía que podría servirle para arrancar a su hermana de las garras del sofá. Hacía años que hablaba de un proyecto que a ambos les ilusionaba, pero que nunca habían encontrado el momento adecuado para llevarlo a cabo. Antes Nessa estaba muy ocupada con su trabajo en Urgencias y siempre tenía demasiado estrés y un montón de cosas en las que pensar, como para liarse aún más si llevaban a cabo lo que a ambos les apetecía tanto.

En las circunstancias en las que estaba, Alex tenía claro que su hermana necesitaba un revulsivo para dejar de hundirse. Algo que le hiciera tener la cabeza ocupada y despertara otra vez la ilusión dentro de ella, esa que según la propia Nessa había muerto de manera definitiva al regresar de las Highlands.

—Hermanita, llevo días dándole vueltas a algo —dijo una mañana mientras se sentaba al lado de su hermana en el sofá.

—Miedo me das —respondió Nessa ahuecando el cojín sobre el que tenía apoyada la cabeza.

—Va, tómame en serio…

—Vale, desembucha —dijo ella posando la mirada sobre su hermano.

—A veces en la vida hay que tomar decisiones…

—Buf, cuando te pones así...

—¿No me ibas a tomar en serio?

—Sí, sí, disculpa, ya me callo.

—Eso, calla y escucha.

—Prometido, suéltalo…

—Pues como te decía… Creo que ha llegado el momento oportuno para hacer lo que siempre hemos querido.

—¿Qué es lo que siempre hemos querido?

—Llevar a cabo el proyecto con el que siempre hemos soñado.

—Uy que ya sé por dónde vas…

—Calla y escucha.

—Que sí, pero va… Deja el misterio que me pone de los nervios.

—He visto un local que tiene muy buena pinta. Está en un buen sitio, donde pasa mucha gente y además el alquiler está bien de precio.

—¿Y?
—Pues que he ido a verlo…
—¿Yyyyyyy?
—Pues que le he dicho al de la inmobiliaria que en un rato vamos a ir a verlo tú y yo, pero que nos lo quedaremos —afirmó de forma rotunda y con una sonrisa radiante.
—Pero ¿tú estás loco?
—Nada de eso. Vale ya de posponer nuestro proyecto de abrir la cafetería que siempre hemos deseado…
—Hay mil cafeterías en el barrio.
—Claro, pero la nuestra será diferente
—Ah… —asintió Nessa alzando las cejas con gesto de poca convicción.
—Tendremos música en directo, sofás cómodos para leer, café de autor y tus deliciosos pasteles, ¿te parece poco?
—No, la verdad es que suena muy bien, pero…—resopló.
—No hay peros, así que ahora mismo te levantas y te vas a la ducha. Vale ya de vivir recluida entre estas cuatro paredes mirando al techo.
—A sus órdenes —bromeó Nessa.
—Déjate de cachondeíto y para la ducha que te vendrá bien una buena enjabonada.
—Pero, oyeeeee, ¡será posible!

—Cochina que eres una cochina —rio Alex.

A Nessa le gustó el local, aunque no estaba tan emocionado como su hermano. Sin embargo, Alex estaba decidido a hacer algo para animar a Nessa, por lo que esa misma tarde quedó con el encargado de la inmobiliaria para firmar el contrato de alquiler. El local era muy nuevo, así que solo tendrían que hacer las obras necesarias para adecuarlo a la cafetería. Debían hacer un par de baños para los clientes y una pequeña cocina, donde Nessa prepararía las tartas y los *muffins* que tan bien le salían.

—Ay, hermanito, cómo te agradezco que hayas hecho todo esto —dijo Nessa al salir de la inmobiliaria con las llaves del local en su mano derecha.

—Lo hemos hecho los dos y va a ser genial.

—No lo dudo, sé que contigo va a ser todo muy fácil.

—Bueno, tampoco te pongas demasiado cómoda, que nos conocemos —lo que provocó que Nessa se riera por la respuesta de su hermano y Alex se sintió feliz al ver el cambio de humor de su hermana —. Ahora tenemos que empezar con las obras y a decorar el local.

—Y a montar el escenario… —dijo Nessa alzando y bajando la cejas poniendo gesto cómico.

—Y empezar a cerrar fechas con grupos que vengan a tocar.

—De eso te encargas tú, hermanito, que eres el que tiene los contactos musicales. Yo me ocupo de la decoración, no te preocupes —respondió y le guiñó un ojo.

—Que no nos salga demasiado caro, ¿eh?

—Pero si la pasta la pongo yo, ¡tendrás morro! —resopló ella.

—Tú eres la socia capitalista, pero yo soy la cabeza pensante, así que…

Nessa había decidido destinar parte de la indemnización por la muerte de Joel a la inversión inicial que debían hacer las obras en la cafetería. Después, si todo iba como esperaban, podría recuperar esa inversión y empezar a repartir los beneficios que diese el negocio. Era un proyecto ambicioso que pretendían que les permitiese recuperar lo invertido y obtener, como mínimo, un sueldo para cada uno a final de mes.

Las obras empezaron apenas unos días después de tener las llaves del local. Nessa andaba bastante atareada porque era la encargada de atender a la empresa que les hacía la reforma y de comprar todos los utensilios necesarios para la cafetería y la decoración. Se sentía muy cansada, por lo que por las noches caía rendida y se dormía al instante de tumbarse en la cama. Parecía que mantenerse tan ocupada había logrado que el dolor por haber dejado a Jamie no la invadiera con tanta fuerza, aunque no había dejado de pensar en él ni de echarlo de menos un solo día. Desde que le había dicho que no podían continuar con la relación, no se había atrevido a responder a sus llamadas. La comunicación entre ellos no había pasado de intercambiar algunos mensajes y poco más.

Sin embargo, uno de los últimos días de reformas, cuando quedaba poco para la inauguración y más ajetreada iba Nessa, respondió a su teléfono sin pararse a mirar quién le llamaba.

—Hola, Nessa —dijo Jamie desde el otro lado.

—Ho-ho-la —respondió ella sorprendida al escuchar la voz del escocés.

—Me apetecía mucho volver a escuchar tu voz —Nessa no se atrevió a contestar —Hace mucho que no hablamos y te echaba de menos.

—Disculpa, ando muy liada —respondió Nessa apartándose el pelo de la cara.

—Vaya, ¿y eso?

—En unos días Alex y yo inauguramos el café y vamos hasta arriba de trabajo.

—¡Oh! Me alegro mucho de que al final os hayáis decidido a hacer realidad vuestro sueño.

—Sí, hemos trabajado mucho, pero nos hace mucha ilusión.

—Irá muy bien, estoy convencido.

—Ojalá —suspiró Nessa.

—Nessa, te llamaba para decirte que te echo mucho de menos —suspiró Jamie desde el otro lado del teléfono.

—Jamie…

—Necesito verte y abrazarte.

—Para mí no es nada fácil esta situación.

—Lo sé, aunque no lo creas, te conozco más de lo que piensas.

—Disculpa, Jamie, pero ahora he de dejarte, me reclama el encargado de la reforma. Hablamos en otro momento, cuídate mucho —Nessa no quería dejar que las lágrimas la invadieran y eso hizo que pusiese una excusa para finalizar la llamada cuanto antes.

—Sí, claro, no te preocupes, preciosa. Un beso —respondió Jamie de manera contrariada desde el otro lado.

Después de colgar, Nessa apretó el teléfono contra su pecho. Escuchar la voz de Jamie había conseguido que lo notase más cerca. Lo que sentía por él continuaba muy vivo dentro de ella, por mucho que se obligara a negarlo y a olvidarlo. En ese momento habría dado lo que fuera por haber podido abrazar al escocés y decirle que no quería que nada ni nadie volviera a separarlos.

Capítulo 15

Hacía semanas que Jamie había perdido la esperanza de que Nessa respondiese a alguna de sus llamadas. Se había acostumbrado a aceptar que ella solo quisiera comunicarse con él de manera escrita a través de mensajes, algo que le apenaba, pero que por respeto a su voluntad debía aceptar. Quizá con el paso del tiempo su dolor se aplacaría y podría volver a recuperarla.

Sin embargo, escuchar la voz de Nessa después de tanto tiempo le había emocionado. A pesar de que había intentado disimularlo mientras conversaban para no abrumarla, al colgar el teléfono no había podido reprimir las lágrimas. La echaba tanto de menos que le dolía el pecho. Dicen que la añoranza es el peor amigo de aquel que está enamorado y Jamie lo estaba, mucho.

Conocer a Nessa había sido lo más bonito que le había pasado nunca. A pesar de que había tenido alguna pareja hasta aquel entonces, con ella había sido diferente al resto, con ella se había sentido querido en igualdad de condiciones, algo nuevo para él.

Jamie era una persona que siempre se volcaba en sus relaciones y acababa dando más de lo que recibía, sin embargo, con Nessa no creía que hubiese sido así. Con ella tenía la sensación de compenetrarse a la perfección, de ser la pieza perfecta que encajaba y completaba el engranaje del otro.

Cuando la conoció y se dio cuenta de lo que empezaba a sentir por ella, fue consciente de lo que supondría tener una relación con alguien de quien le separarían tantos kilómetros. Sin embargo, en poco tiempo fue consciente de que no podía hacer nada para evitarlo. En el corazón no se manda y no pudo hacer nada para frenar los sentimientos que crecían dentro de él cada instante que pasaba junto a ella.

Cuando Nessa le llamó para decirle que no soportaba la idea de estar separados y que no podía continuar con una relación así, Jamie sintió que su mundo se desmoronaba, que se le rompía el corazón. Pero lejos de rendirse y aceptar la derrota, le sirvió para darse cuenta de lo enamorado que estaba de esa mujer. Por eso no había desistido de su empeño de hablar con ella, de escribirle, de convencerla de que su relación era demasiado especial como para frenarla de forma repentina y acabar con ella. Su padre le había enseñado a luchar por lo que quería y Nessa era el tipo de mujer que siempre había deseado.

Mientras aún conservaba el teléfono en la mano, después de haber escuchado la voz de Nessa, se levantó del sofá junto a la chimenea de la MacNeil Guest House, el mismo lugar donde había nacido su amor por ella, y corrió hasta su coche.

—Henry —dijo al escuchar por los altavoces de su automóvil a su hermano, aún con voz adormilada, que respondía al teléfono.

—¿Qué pasa? —preguntó Henry desperezándose.

—Despierta y escúchame, que he de decirte algo importante.

—¿Qué sucede? ¿Estás bien? —dijo alertado.

—Sí, no te preocupes, pero te has de encargar de la casa.

—¿Cómo? Joder, tío, que acabo de coger vacaciones…

—Si no fuera indispensable sabes que no te lo pediría —contestó Jamie con tono serio.

—De acuerdo, pero me debes una, tío.

—Ve en cuanto puedas a la MacNeil Guest House.

—¿Ahora?

—Sí, yo tengo que hacerme la maleta.

—¿Dónde vas?

—A recuperar a la mujer de mi vida.

Jamie se agarró con fuerza al volante de cuero de su deportivo y apretó el acelerador. Estaba dispuesto a hacer todo lo que estuviese en sus manos para recuperar a Nessa, no podía seguir viviendo con aquel peso en el pecho que le suponía haber perdido a la mujer que amaba.

Capítulo 16

Dicen que las mañanas de primavera son las más bonitas de todo el año en Barcelona. Quizá porque se pueden oír los pajarillos cantar entre los árboles, el sol calienta las calles y el aire empieza a oler a esos días bonitos de cielo sin nubes y rayos brillantes que calientan el alma y broncean la piel.

Para Alex y Nessa una mañana de principios de mayo era el momento ideal para inaugurar el Sweet Coffee. Sabían que el calor y el bochorno habitual de la ciudad aún les darían una tregua para que los clientes de su cafetería pudiesen disfrutar del local y de su decoración cálida y acogedora, que invitaba a sentarse y disfrutar de un café y de uno de los deliciosos pasteles preparados por Nessa.

Era sábado por la mañana, el día que habían elegido para abrir las puertas de la cafetería, por lo que esperaban que acudiesen muchos amigos y conocidos a la inauguración, aprovechando que no tenían que ir a trabajar. Nessa se había pasado los últimos días preparándolo todo para poder tener un buen surtido de pasteles con los que obsequiar a los que fueran a visitarlos en la inauguración. Alex había dejado todo a punto tras la barra y en las mesas para que los invitados se sintieran tan cómodos y bien atendidos como fuera posible. Ambos estaban nerviosos, deseaban que todo saliese bien y que aquel sueño hecho realidad les permitiese disfrutarlo cuanto más mejor.

Aunque el Sweet Coffee no fuese rentable y tuviesen que acabar bajando la persiana, Alex ya se daba por satisfecho con lo que había conseguido. Durante todo el tiempo que duró la reforma del local, Nessa estuvo tan ocupada y distraída, que parecía que había conseguido borrar gran parte de la pena que arrastraba desde que volvió de Escocia.

—Venga, que esto va a salir muy bien —dijo Alex dando un fuerte abrazo a su hermana justo antes de abrir la puerta y empezasen a entrar los invitados.

—Sí, va a ir genial —respondió dándole un beso en la mejilla.

Tan pronto como Alex abrió la puerta del Sweet Coffee un grupo de amigos y familiares que estaban esperando fuera entraron en tromba en el local. También se pasaron por el local vecinos que, llevados por la curiosidad, querían comprobar qué negocio era el que abría sus puertas en los bajos de uno de los edificios de la zona. Los mellizos saludaban con sonrisas radiantes a todos los invitados.

—¿Qué te pongo? —preguntó Nessa a uno de los clientes que se había acercado hasta la zona de la barra donde ella estaba concentrada poniendo trozos de tarta en platos.

—Me gustaría un abrazo tuyo…

En ese instante, Nessa levantó la mirada del *red velvet* que tenía frente a ella y al ver a quién tenía delante no pudo evitar que una sonrisa se dibujara en sus labios.

—Jamie… ¿Qué haces aquí?

—Vengo a ver a la mujer de mi vida —dijo el escocés estrechándola entre sus brazos.

—Pero ¡qué sorpresa!

—No podía faltar a la inauguración del Sweet Coffee —añadió Jamie aún sin soltarla.

—¿Cómo has sabido que era hoy?

—Tengo una fuente de información muy fiable —afirmó el escocés mirando a Alex, que los contemplaba desde el otro extremo de la barra con una media sonrisa cómplice.

—Traidor, que eres un traidor —acusó entre risas a su hermano.

Poco después, mientras Nessa acababa de servir las porciones de tarta que le habían pedido, Alex preparaba su guitarra para estrenar el pequeño escenario de la cafetería y así amenizar la estancia a los invitados. Unos instantes después empezaba a tocar los primeros acordes de una de las canciones favoritas de su hermana: *More than words* de Extreme.

—Parece que esta canción habla de ti y de mí... —susurró Jamie a Nessa justo con las últimas notas —*Just by saying, I love you...* —repitió al oído de Nessa.

—Solo diciéndote, te quiero... —tradujo ella en susurros.

—Habla de nosotros —dijo el pelirrojo posando la profundidad de sus ojos claros en los de ella. Nessa, incapaz de resistir la intensidad de la mirada del escocés, bajó los suyos hacía la barra de la cafetería.

—Jamie... —musitó.

—Nessa, no puedo vivir sin ti. Todo este tiempo que hemos estado separados ha sido una condena.

La chica continuaba sin atreverse a levantar la mirada porque sentía cómo las lágrimas le anegaban los ojos.

Jamie tomándola de la barbilla con la punta de los dedos le alzó suavemente la cara para que sus miradas se encontraran.

—No podemos seguir así —afirmó.

—Vivimos demasiado lejos —susurró Nessa.

—Pero eso va a cambiar —respondió Jamie sin dejar de mirar a la mujer que amaba. Nessa, sorprendida al escuchar lo que él acababa de decir, abrió los ojos conmovida y una lágrima se escapó de ellos.

—¿Qué dices? —se atrevió a preguntar en apenas un susurro.

—Voy a hacer lo posible por vivir a caballo entre Escocia y Barcelona durante los próximos meses, hasta que mi hermano pueda hacerse cargo de todo.

—Pero…

—No, ni quiero ni puedo seguir viviendo lejos de ti.

—No es justo para ti desmontar tu vida por mí…

—Lo que no es justo para nosotros es seguir separados. Este tiempo sin ti me ha servido para darme cuenta de que solo tenemos una vida y hay que hacer lo posible para ser felices junto a las personas que amamos.

—Eso es cierto, hay que hacer realidad los sueños —y volvió la vista hacia su hermano que empezaba a cantar otra canción en el pequeño escenario.

—Sí, y por eso he empezado a montarlo todo para crear la empresa que siempre he querido y organizar viajes a los lugares más desconocidos de Escocia.

—Eso suena muy bien…

—Y creo que en algo más de un año podré venirme definitivamente a Barcelona.

—Jamie —susurró la joven, ya rota en lágrimas, lanzándose a los brazos del pelirrojo.

—Quiero estar contigo y voy a hacer todo lo que esté en mis manos para conseguirlo —sentenció él justo antes de darle un apasionado beso mientras la voz de Alex sonaba de fondo al compás de su guitarra.

La inauguración del Sweet Coffee se alargó durante buena parte del día. Ni Nessa ni Alex esperaban tener tanto poder de convocatoria.

—Estoy reventado —dijo Alex al sentarse en uno de los sillones de la cafetería después de que se marchara el último de los invitados.

—Y yo —afirmó Nessa justo cuando se sentaba en uno de los reposabrazos de otro de los sillones del local.

—Venga, que os ayudo a recoger —afirmó Jamie desde la barra.

—Qué suerte que estés aquí, pelirrojo, porque estoy muerto —resopló Alex echando la cabeza hacia atrás.

—El mundo de la hostelería es duro… —afirmó el escocés.

—Ni que lo digas —contestó el joven sin moverse.

—Va, vamos a ponernos manos a la obra y cuanto antes acabemos, antes podremos ir a descansar —resopló Nessa.

—Se acabó por hoy —dijo Alex justo al bajar la persiana del Sweet Coffee. Al girarse para mirar a su hermana porque ésta no le respondía, vio como Nessa y Jamie, muy acaremelados, no dejaban de regalarse besos —. Por cierto, Nessa, que me parece que me voy a ir a casa de Rober a dormir…

—Vale —dijo ella sin mirar demasiado a su hermano.

Alex, con la certeza de lo feliz que estaba Nessa, marcó el teléfono de su amigo para pedirle que le hiciera un hueco en su casa para dormir. Sabía que esa noche debía dejar el piso en exclusiva a su hermana y al escocés, para que pudieran dar rienda suelta a esa pasión que habían mantenido a raya durante tanto tiempo.

Cuando llegaron a casa de Nessa se fueron deshaciendo de la ropa del uno y del otro al ritmo, cada vez más acelerado, que marcaban sus besos.

La mezcla del amor y deseo que sentían y la añoranza de todo el tiempo que habían estado separados, consiguió que entre sus cuerpos reinara la pasión.

—Pensé que no volvería a tenerte nunca más entre mis brazos —le susurró Jamie a Nessa entre las sábanas de la cama de la chica.

—Yo también creía que no volviera a sentir el tacto de tus labios sobre los míos.

—Estoy tan feliz de estar contigo aquí y de saber que esto solo acaba de empezar…

—Nada ni nadie podrá volver a separarnos.

—No, nunca más.

—Estaremos juntos para siempre, aquí en Barcelona o en las Highlands, pero siempre juntos.

—Para siempre —dijo el pelirrojo acercando a Nessa a su cuerpo para darle un beso lleno de la pasión y el amor que llevaban regalándose durante horas.

Capítulo 17

Un año después

—Cuñado, qué feliz me hace tenerte por aquí —dijo Alex a Jamie.

—¿Aunque hayas tenido que mudarte?

—Estoy encantado, porque compartir baño con mi hermana y sus potingues era demasiado para mí…

—¿Ya me estás criticando? —preguntó Nessa con gesto cómico mientras colocaba en la nevera un *carrot cake* que acababa de preparar.

—Solo le contaba al pelirrojo lo maravilloso que es compartir baño contigo —bromeó Alex.

—Seguro que vas a añorar mis cremitas…

—Llorando estoy por ellas.

—Bueno, bueno, haya paz —dijo Jamie cogiendo a los mellizos, cada uno bajo uno de sus fuertes brazos —Ahora os he de dejar que tengo que ir a la Seguridad

Social a entregar unos papeles… ¡Bendita burocracia! —ironizó el escocés.

—Ánimo, cuñado, tú puedes… —respondió Alex mientras veía cómo su hermana y Jamie se daban un beso de despedida.

—Por cierto, el camarero de la mañana me dice que cada día pasa por aquí una chiquita…

—Eres una cotilla —bromeó Alex.

—Sí, sí, cotilla. Pero si no me lo has contado será por algo… —rió Nessa.

—No puedo tener secretos contigo, ¿eh?

—Por supuesto que no —exclamó la joven levantando una ceja de forma cómica.

—Es una de las maestras de la guardería que hay…

—¿Al final de la calle?

—Esa…

—Mmmmm y encima vecinita, ¡qué bien!

—Eres lo peor, Nessa —rió Alex.

—¿Y ahora te enteras?

—No, no, lo tenía muy claro…

—Bueno, sigue contándome…

—No tengo mucho más que contarte…

—Solo sé pasa por aquí cada mañana para tomarse un café…

—Un café que tú le preparas con tooooodo el cariño del mundo —sonrió Nessa.

—¡Exacto! Y cada mañana le hago un dibujito nuevo en la espuma de la leche.

—Esto pinta bien…

—Muy bien, me muero de ganas de que sea mañana por la mañana para volver a verla…

—Guau… ¿Y a qué esperas para invitarla a uno de tus conciertos?

Parecía que al final las cosas empezaban a salir bien para los dueños del Sweet Coffee…

Si quieres saber más de la historia de Alex, te animo a que leas Sweet Coffee 1.

Gracias por haber leído esta novela.

Si te ha gustado esta historia, puedes ayudarme a difundirla si dejas una reseña en Amazon.

Esto es para ti

Empieza a leer *Sweet Coffee*, la primera entrega de la serie *Sweet Coffee 1*.

1

Mi madre siempre me ha dicho que yo soy fruto de una carambola, de la buena suerte, de que los astros se alinearan en un momento preciso y se diese la conjunción ideal para que llegase al mundo. Desde el momento de mi nacimiento todos tuvieron la sensación de que había llegado por casualidad y de que me quedé como fruto de un milagro.

Mis padres me tuvieron cuando ya no me esperaban, porque eran tan mayores, que ya ni soñaban con la posibilidad de tener descendencia. Así que mi llegada fue totalmente imprevista y un tanto accidentada. Nací con una cardiopatía congénita por la que me hicieron nacer semanas antes de que el embarazo de mi madre llegase a término. Además, apenas cuarenta y ocho horas después de que abriese los ojos en este mundo, me operaron a corazón abierto, en una intervención de la que ni mis padres ni los médicos creían que saldría con vida. Sin embargo, y contra todo pronóstico, salí adelante. Supongo que por eso mi madre siempre me dice que el nombre de Lucía me va como anillo al dedo, porque vine aporté de luz y felicidad a sus vidas. La verdad es que a exagerada no hay quien gane a mi madre.

Después de ese primer contratiempo, crecí como una niña fuerte, sana y muy deportista. El cardiólogo nos decía que el deporte era lo que lograba mantenerme con tanta fortaleza y vitalidad. Por esa razón, mi vida siempre ha estado vinculada al ejercicio físico.

Desde chiquitina mi medio preferido fue el agua, por lo que desde siempre practiqué natación. En el medio acuático era donde me movía con mayor comodidad, así que fui pasando de categoría hasta que llegué a un equipo que estaba federado para la selección nacional. Aunque hay un momento en la vida de todo deportista, en el que o destacas por encima de la media o esa pasión se acaba convirtiendo en algo secundario. En ese momento es cuando debes buscar una alternativa que te asegure un trabajo, un medio de vida que te dé de comer y te permita pagar las facturas y llegar a fin de mes. Y precisamente eso fue lo que me sucedió a mí.

Además, mis padres eran mayores. Cuando cumplí los dieciséis años, mi padre celebró sus sesenta y cinco y se jubiló del puesto de contable en la empresa de autocares en la que había trabajado durante los últimos cuarenta años. A mi madre le quedaban unos años aún para jubilarse, porque ya rondaba los sesenta. Con unos padres de esa edad, tenía muy claro que debía buscarme la vida para subsistir por mí misma y llegar a fin de mes, sin depender de ellos.

Cuando acabé el instituto, decidí estudiar educación infantil. Siempre me habían encantado los niños. De hecho, desde que era una enana disfrutaba cuidando de los hijos de mis primos que, mucho mayores que yo, ya eran padres cuando yo aún era una cría. Así que a pesar de que la natación me había hecho feliz y me había convertido en una persona sana y fuerte, mientras entrenaba con el equipo, estudié para dedicarme a trabajar en guarderías al cuidado de bebés, mi verdadera pasión.

Con poco más de veintidós años era maestra de educación infantil. Sin embargo, vivir en un pueblo apartado dificultaba que encontrara el trabajo que buscaba.

Unos años después de que mis padres se casaran, se compraron una casa *de pueblo* en San Rushé del Foi, un pequeño municipio a bastantes quilómetros de Castellón. Por lo visto, el médico les dijo que vivir en un entorno sano y tranquilo les ayudaría a concebir, así que ellos, ansiosos por tener ese bebé que tanto deseaban, se mudaron hasta aquel recóndito lugar, a pesar de que cada día tuvieran que conducir más de una hora para llegar a su puesto de trabajo.

San Rushé es un sitio precioso, la verdad, pero poco práctico para vivir. Además, es un lugar donde los pocos vecinos que hay tienen una edad bastante avanzada, y los más jóvenes solo van allí a dormir, los fines de semana o en vacaciones, por lo que no tenía prácticamente ninguna posibilidad de encontrar trabajo como maestra de educación infantil en aquel lugar tan apartado.

Así que me vi obligada a sobrevivir trabajando en los gimnasios de algunos pueblos más grandes y relativamente cerca de San Rushé. Trabajé como monitora de natación o socorrista de las piscinas municipales en verano, aunque me pagaban mal y eran contratos temporales, pero me permitían ingresar algo a final de mes.

En lo laboral no me había ido nunca del todo bien, pero en la emocional y de pareja mi experiencia era más o menos aceptable. Desde los dieciséis años salía con Fernando, un compañero de mi equipo de natación. En los últimos tiempos, incluso hablábamos de irnos a vivir juntos a una parte de la enorme casa de mis padres. Planeábamos hacer unas reformas que nos permitieran tener una entrada independiente a la de ellos. Pero las cosas no salieron como esperaba y de manera totalmente imprevista acabó torciéndose todo en el momento menos esperado.

Se acercaba la fecha del cumpleaños de Joel, un compañero del equipo de natación muy amigo de Fernando. Como solíamos hacer siempre que organizábamos alguna sorpresa, habíamos creado un grupo en Whatsapp para comprarle un regalo y montarle una pequeña fiesta después del entreno. Hasta ahí todo era normal, el problema fue cuando formar parte de ese grupo hizo que me enterase de algo que me dejó totalmente fuera de juego y que marcó un antes y un después en mi vida.

María: Bueno, tenemos que decidir lo que vamos a hacer.

Irene: Sí, porque queda poco y no hemos pensado ni el regalo.

Fernando: Podemos hacer lo de siempre, ¿no?

Irene: ¿Y por qué no lo montamos en el garaje de los padres de Lucía?

Fernando: Que va, he dejado a Lucía.

María: ¿Qué dices, tío?

Irene: ¿Por Ana?

Fernando: Sip

Irene: Hostia, ¿y cómo se lo ha tomado Lucía?

Fernando: Pues, la verdad, es que aún no se lo he dicho…

María: ¿Y a qué esperas?

Fernando: Pffff

Irene: Estoy flipando mucho…

María: No flipes tanto, porque estaba cantado que a Ana le molaba Fernando desde hace mil.

Fernando: Joder, a mí también me molaba, ¿eh?

Irene: ¿Y qué hacías con Lucía?

Fernando: Eso digo yo… ja ja ja

La verdad es que no quise seguir leyendo y en ese mismo instante me salí del grupo. Supongo que eso le sirvió a Fernando para darse cuenta de que había leído todo lo que acababa de decir y por eso me llamó instantes después. No cogí su llamada. Estaba tan en *shock,* que en ese momento mi cerebro no regía con suficiente lucidez como para poder enfrentarme a una conversación de ese tipo con él.

Mi teléfono continuó sonando durante bastante rato. Creo que fueron más de veinte llamadas las que me hizo Fernando de forma ininterrumpida, las mismas que no contesté. Finalmente, decidí apagar el teléfono. No soportaba seguir escuchando la música que tenía asociada a su contacto en mi móvil una y otra vez, ni tampoco ver su nombre y su foto aparecer en la pantalla.

Busqué la bolsa de deporte que tenía Fernando en casa para traer y llevar cosas cada vez que venía y se quedaba a dormir y la llené con todo lo que encontré de él. Mi madre me miraba en silencio, perpleja al verme buscar por todos los armarios de la casa. Mi padre, desde el sillón orejero, dejó de hacer crucigramas para mirarme por encima de sus gafas. Sus ojos iban y venían de mi madre a mí con gesto de no entender nada. Preferí no hablar y hacer como si no viera sus caras de perplejidad. Aún no estaba preparada para explicarles nada. Si lo hacía rompería a llorar y lo último que quería era que me vieran así y preocuparles más de lo que ya parecían estarlo.

Esa noche cogí mi teléfono, volví a encenderlo y escribí a Fernando. No leí la interminable lista de mensajes que me había dejado. No quería leer sus explicaciones, con lo que había dicho en el grupo de WhatsApp a María e Irene tenía más que suficiente para saber lo que había sucedido. Si se había enrollado con Ana no necesitaba más explicaciones que esa.

Lucía: tienes tu bolsa de deporte con tus cosas en el garaje de mis padres. Puedes pasar a buscarla cuando quieras. Cuando vengas, no hace falta que preguntes a mis padres por mí, tú y yo hemos acabado.
Fernando: Pero, Lucía, ¿qué dices?
Lucía: Fernando se ha acabado.
Fernando: Pero ¿por qué?
Lucía: Sé lo que ha pasado con Ana. No me hacen falta más explicaciones.
Fernando: Déjame que te cuente…
Lucía: De verdad, no hace falta. Supongo que te has cansado de nuestra relación y te apetece más empezar de cero con alguien y ese alguien es Ana, una persona a la que consideraba mi amiga. Pero por lo visto he vivido engañada durante todo este tiempo. Pensaba que tú eras mi novio y Ana mi amiga. Ha sido todo una gran mentira.
Fernando: Lucía, por favor…

Lucía: No me llames más, ni tampoco insistas. Solo perderás el tiempo. Te deseo toda la suerte del mundo y que seas muy feliz junto a Ana o con quien tú elijas.

No quise continuar hablando con Fernando, le conocía de sobra y sabía que insistiría tanto como pudiera para lograr hablar conmigo. Pero esta vez no caería. Había pasado por alto alguna otra circunstancia similar durante todos los años que habíamos estado juntos, pero ya no estaba dispuesta a dejarle pasar ni una más, se había acabado. En ese momento había llegado a mi límite y no estaba dispuesta a seguir tolerando aquel tipo de situaciones ni una sola vez más.

Puedes seguir leyendo si escaneas este código QR. ¡Feliz lectura!

Otras novelas de la autora

Sweet Coffee

(Serie Sweet Coffe 1)

Lucía es una **chica especial**, a quien la vida le dio la **oportunidad** de seguir en este mundo de pura **casualidad**.

Lucía no lo ha tenido fácil en el **amor** y decide marcharse de su pequeño pueblo para empezar de cero en la gran ciudad junto a Mariona, su mejor amiga.

Alex es un **atractivo pelirrojo de profundos ojos azules**, dueño del *Sweet Coffee*, a quien le gusta **tocar la guitarra** y **cantar canciones románticas**, pero con su especial toque rockero. Alex se ha hecho a sí mismo y tras sus **tatuajes** y su **apariencia de chico duro**, esconde un **corazón deseoso de encontrar el amor**.

¿Conseguirán **Alex y Lucía** descubrir que **el amor** es capaz de **derribar cualquier muro que intente separarles**?

Una historia de amor tierna, dulce e intensa como una deliciosa taza de café.
¡Te vas a enamorar!

Puedes leerla aquí:

Un escocés en mi destino

Una historia de amor en las *highlands* escocesas.

Carol no ha tenido una vida fácil, aunque siempre ha conseguido salir adelante por sí misma. Pero de repente, su mundo se desmorona y decide **marcharse a**

Escocia a trabajar como *au pair* y así empezar de cero.

Liam, un **atractivo escocés con ancestros** *highlanders*, tiene un pasado que desea dejar atrás. Regenta el **MacLeod's Kilt Pub**, un acogedor local donde Carol se resguardará del **clima escocés junto a la chimenea**, con un delicioso té de canela entre las manos.

¿Estarán destinados Carol y Liam a empezar una historia de cero?
¿Es posible dejar el pasado atrás?

Una historia llena de amor, pasión y nuevas oportunidades ambientada en Escocia, un país de tradiciones y paisajes sin igual.

¡Te vas a enamorar!

Un escocés en mi destino, una nueva historia de Sarah Valentine llena de **amor, pasión, ternura y emoción**. Si te gustan las **historias 100% románticas**, lee las **novelas de Sarah Valentine**.

Puedes leerla aquí:

El destino de Julieta

¿Crees en el destino?

Una tirada de **cartas del Tarot** pone patas arriba **la vida de Julieta**. Su presente da un giro por completo, pero ella, lejos de rendirse, **decide seguir adelante.**

Matías ha tenido **un pasado complicado**, pero está dispuesto a **luchar por tener un futuro mejor**.

El destino está empeñado en que **Julieta y Matías vuelvan a ser felices, ¿conseguirá su objetivo uniendo sus caminos?**

El destino de Julieta es una **historia de amor y de segundas oportunidades.**

Sarah Valentine la conocida autora, leída por miles de

lectores, publica *El destino de Julieta*, una **novela romántica contemporánea** que te hará volver a **creer en el amor.**

¡Te vas a enamorar!

Puedes leerla aquí: